U0464900

THIMBLE
SUMMER

国际大奖小说

纽伯瑞儿童文学奖金奖

银顶针的夏天

THIMBLE SUMMER

[美]伊丽莎白·恩赖特 / 著绘

马爱农 / 译

天津出版传媒集团

新蕾出版社

图书在版编目（CIP）数据

银顶针的夏天 /（美）伊丽莎白·恩赖特（Elizabeth Enright）著绘；马爱农译. -- 天津：新蕾出版社，2023.9（2025.4 重印）
（国际大奖小说）
书名原文：Thimble summer
ISBN 978-7-5307-7514-1

Ⅰ.①银… Ⅱ.①伊… ②马… Ⅲ.①儿童小说-长篇小说-美国-现代 Ⅳ.①I712.84

中国国家版本馆 CIP 数据核字(2023)第 017123 号

书　　名	银顶针的夏天　YIN DINGZHEN DE XIATIAN
出版发行	天津出版传媒集团 新蕾出版社
	http://www.newbuds.com.cn
地　　址	天津市和平区西康路 35 号(300051)
出 版 人	马玉秀
电　　话	总编办(022)23332422 发行部(022)23332351　23332677
传　　真	(022)23332422
经　　销	全国新华书店
印　　刷	天津新华印务有限公司
开　　本	880mm×1230mm　1/32
字　　数	110 千字
印　　张	6
版　　次	2023 年 9 月第 1 版　2025 年 4 月第 2 次印刷
定　　价	30.00 元

著作权所有，请勿擅用本书制作各类出版物，违者必究。
如发现印、装质量问题，影响阅读，请与本社发行部联系调换。
地址：天津市和平区西康路 35 号
电话：(022)23332677　邮编：300051

前言

一辈子的书

◎梅子涵

◆亲近文学◆

一个希望优秀的人,是应该亲近文学的。亲近文学的方式当然就是阅读。阅读那些经典和杰作,在故事和语言间得到和世俗不一样的气息,优雅的心情和感觉在这同时也就滋生出来;还有很多的智慧和见解,是你在受教育的课堂上和别的书里难以如此生动和有趣地看见的。慢慢地,慢慢地,这阅读就使你有了格调,有了不平庸的眼睛。其实谁不知道,十有八九你是不可能成为一个文学家的,而是当了电脑工程师、建筑设计师……可是亲近文学怎么就是为了要成为文学家,成为一个写小说的人呢?文学是抚摸所有人的灵魂的,如果真有一种叫作"灵魂"的东西的话。文学是这样的一盏灯,只要你亲近过它,那么不管你是在怎样的境遇里,每天从事怎样的职业和怎样地操持,是设计房子还是打制家具,它都会无声无息地照亮你,使你可能为一个城市、一个家庭的房间又添置了经典,添置了可以供世代的人去欣赏和享受的美,而不是才过了几年,人们已经在说,哎哟,好难看哟!

谁会不想要这样的一盏灯呢?

◆ 阅读优秀 ◆

文学是很丰富的,各种各样。但是它又的确分成优秀和平庸。我们哪怕可以活上三百岁,有很充裕的时间,还是有理由只阅读优秀的,而拒绝平庸的。所以一代一代年长的人总是劝说年轻的人:"阅读经典!"这是他们的前人告诉他们的,他们也有了深切的体会,所以再来告诉他们的后代。

这是人类的生命关怀。

美国诗人惠特曼有一首诗:《有一个孩子向前走去》。诗里说:

> 有一个孩子每天向前走去,
> 他看见最初的东西,他就变成那东西,
> 那东西就变成了他的一部分……

如果是早开的紫丁香,那么它会变成这个孩子的一部分;如果是杂乱的野草,那么它也会变成这个孩子的一部分。

我们都想看见一个孩子一步步地走进经典里去,走进优秀。

优秀和经典的书,不是只有那些很久年代以前的才是,只是安徒生,只是托尔斯泰,只是鲁迅;当代也有不少。只不过是我们不知道,所以没有告诉你;你的父母不知道,所以没有告诉你;你的老师可能也不知道,所以也没有告诉你。我们都已经看见了这种"不知道"所造成的阅读的稀少了。我们很焦急,所以我们总是非常热心地对你们说,它们在哪里,是什么书名,在哪儿可以买到。我就好想为你们开一张大书单,可以供你们去寻找、得到。像英国作家斯蒂文生写的那个李利一样,每天快要天黑的时候,他就拿着提灯和梯子走过来,在每一家的门口,把街灯点亮。我们也想当一个点灯的人,让你们在光亮中可以看见,看见那一本本被奇特地写出来的书,夜晚梦见里面的故事,白天的时候也必然想起和流连。一个孩子一天天地向前走去,长大了,很有知识,很有技能,还善良和有诗意,语言斯文……

同样是长大,那会多么不一样!

◆ 自己的书 ◆

优秀的文学书,也有不同。有很多是写给成年人的,也有专门写给孩子和青少年的。专门为孩子和青少年写文学书,不是从古就有的,而是历史不长。可是已经写出来的足以称得上琳琅和灿烂了。它可以算作是这二三百年来我们的文学里最值得炫耀的事情之一,几乎任何一本统计世纪文学成就的大书里都不会忘记写上这一笔,而且写上一个个具体的灿烂书名。

它们是我们自己的书。合乎年纪,合乎趣味,快活地笑或是严肃地思考,都是立在敬重我们生命的角度,不假冒天真,也不故意深刻。

它们是长大的人一生忘记不了的书,长大以后,他们才知道,原来这样的书,这些书里的故事和美妙,在长大之后读的文学书里再难遇见,可是因为他们读过了,所以没有遗憾。他们会这样劝说:"读一读吧,要不会遗憾的。"

我们不要像安徒生写的那棵小枞树,老急着长大,老以为自己已经长大,不理睬照射它的那么温暖的太阳光和充分的新鲜空气,连飞翔过去的小鸟,和早晨与晚间飘过去的红云也一点儿都不感兴趣,老想着我长大了,我长大了。

"请你跟我们一道享受你的生活吧!"太阳光说。

"请你在自由中享受你新鲜的青春吧!"空气说。

"请你尽情地阅读属于你的年龄的文学书吧!"梅子涵说。

现在的这些"国际大奖小说"就是这样的书。

它们真是非常好,读完了,放进你自己的书架,你永远也不会抽离的。

很多年后,你当父亲、母亲了,你会对儿子、女儿说:"读一读它们,我的孩子!"

你还会当爷爷、奶奶、外公和外婆,你会对孙辈们说:"读一读它们吧,我都珍藏了一辈子了!"

一辈子的书。

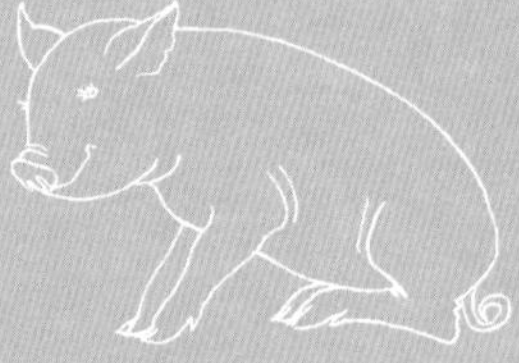

目 录

第一章　　银顶针 · · · · · · · 1

第二章　　珊瑚手镯 · · · · · · 22

第三章　　石灰窑 · · · · · · · 40

第四章　　陌生人 · · · · · · · 53

第五章　　被锁在里面了 · · · · 69

第六章　　旅行 · · · · · · · · 88

第七章　　拾荒者的口袋 · · · · 108

第八章　　晴朗的日子 · · · · · 134

第九章　　甜筒冰淇淋和蓝丝带 · 149

第十章　　银顶针 · · · · · · · 171

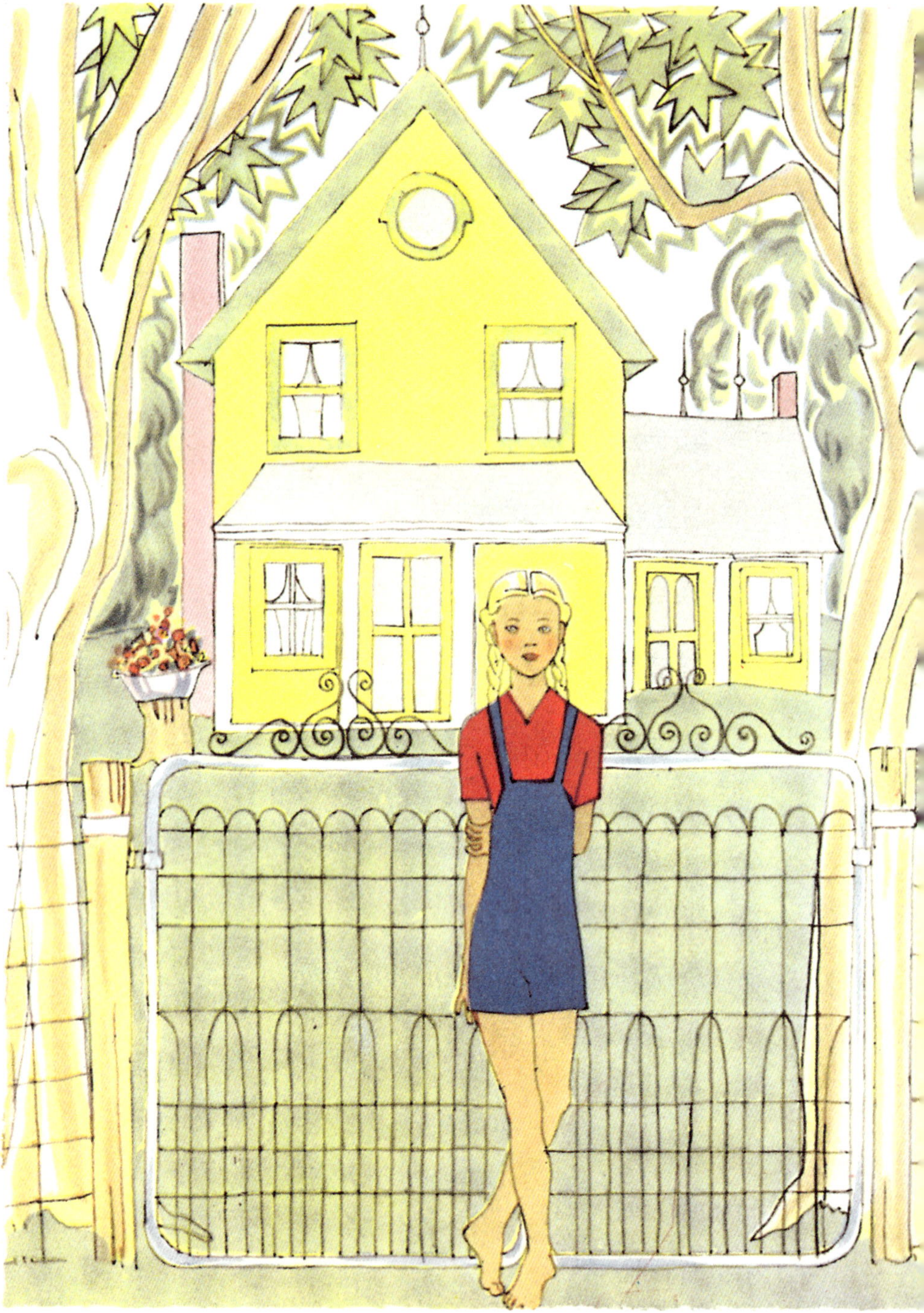

第一章
银 顶 针

加内特觉得这肯定是有史以来最热的一天。连续好几个星期,她每天都在想同一件事——这日子真的是太难熬了。今天早上,村里药店外面的那个温度计,把一根红色的细手指头指向了华氏一百一十度①。

---

① 相当于 43 摄氏度。

感觉就像被蒙在鼓里一样。天空像一层亮晃晃的皮肤,紧绷在山谷的上空,大地也因酷热而变得硬邦邦的。后晌天黑了,还响起打雷的声音,好像有一只大手在敲鼓。山上乌云密布,电闪雷鸣,可是没有雨。这种情况已经持续了很长一段时间。每天晚饭后,爸爸都会走出家门,抬头看看天空,再看看他的玉米地和燕麦地。"没戏,"他摇着头说,"今晚没雨。"

燕麦还没成熟就发黄了,玉米叶子也变得枯干,被干燥的风刮得沙沙作响,像报纸一样。如果不及时下雨,玉米就会颗粒无收,燕麦也只能割了做干草。

加内特气呼呼地仰头望着平静的天空,挥起了她的拳头。"你!"她叫道,"你为什么就不能及时下点小雨呢!"

她每走一步,没穿鞋的脚都会踢起一小团灰尘。她的头发沾着尘土,鼻子上也是,鼻头直发痒。

加内特快十岁了。她有着长长的腿和胳膊,两条辫子的颜色像太妃糖一样,翘鼻子上长满雀斑,眼睛说绿不绿、说棕不棕。她穿着一条蓝色工装裤,裤腿从膝盖上方被剪掉了。她会像男孩子一样利用牙缝吹口哨儿,而且现在就吹着,吹得很轻快,无所顾忌。她已经忘记了对天空的愤怒。

在高大的黑色冷杉树下,豪泽家的农场稳稳地、睡眼蒙眬地坐在道路的拐弯处。草坪上有一片红花鼠尾草,拖拉机和脱粒机并排站在树荫下,像一对友好的怪兽。马路对面,豪泽家的猪躺在猪圈里打着鼾,呼呼大睡。"又懒又胖的家伙。"加内特说着,把一块鹅卵石扔向了最大的那头猪,猪吓人地哼了一声,摇摇晃晃地站了起来。但加内特只是嘲笑它。她和猪之间有栅栏挡着呢。

在她身后,一扇纱门砰的一声关上,香蕾拉·豪泽走下家门前的台阶,手像扇扇子一样拍打着一块洗碗布。她是一个胖胖的小女孩,面颊红扑扑的,留着浓密的金黄色刘海儿。

"嘿!"她对加内特喊道,"真热啊!你要去哪儿?"

"去拿邮件。"加内特说。"我们可以去游泳。"她又若有所思地加了一句。

但是不行。香蕾拉要帮妈妈熨衣服。"在这样的日子里干这种事真是够呛。"她非常恼火地说,"我敢打赌,我会像一磅半[①]的

[①] 1磅折合0.4536千克。

黄油一样,融化在厨房的地板上。"

加内特想象着那幅画面,咯咯地笑了,然后继续往前走。

"等一等。"香蕾拉说,"我也去看看有没有我们家的邮件吧。"

她一边走,一边变着花样摆弄着那块洗碗布。她先把洗碗布像头巾一样裹在头上,接着又把它系在腰上,但是太紧了,最后就别在了腰带上,像裙摆一样。

"在这样的日子里,"香蕾拉说,"我真希望能在什么地方找到瀑布。那瀑布落下的不是水,而是柠檬汁。我会张着嘴在底下坐上一整天。"

"我宁愿在阿尔卑斯山上。"加内特说,"你知道的,那是欧洲的一座山。即使在夏天最热的时候,那山顶上也会有雪。我真想坐在雪地里,看看下面好远好远之外的山谷。"

"爬山太麻烦了。"香蕾拉叹了口气。

她们拐了个弯,沿着公路一直走到信箱那儿。有四个信箱固定在细细的柱子上——四个大铁盒子,顶部呈弧形,有的盒子莫名其妙地歪在底座上。它们总是让加内特想起那些戴着扭曲的遮阳帽、在路边说闲话的瘦老太婆。

每个信箱上都用黑色的钢印字母写着名字：豪泽、申贝克、费伯蒂和林登。

邮件最多的通常是豪泽家，因为他们家的人最多，香蕾拉和她的兄弟总是索取报纸广告上的免费样品。今天有香蕾拉的一小瓶染发剂和一份猪饲料样品，还有她弟弟雨果的三种不同的牙膏。

她们看了看老申贝克先生的信箱，想知道鹪鹩是不是还在里面做窝。它们还在呢，已经在里面做了一年的窝。这个信箱从来没有收过一封信。

加内特打开写着"林登"（这是她的姓）的信箱，拿出一个很大的包裹。

"看，香蕾拉，"她叫道，"农商百货店的商品目录。"

香蕾拉一把抢过去，扯开包装纸。她和加内特都喜欢看这家大百货公司的商品目录。这个世界上你想买到的任何东西，目录里都有它们的图片，还有许多你可能不想买的东西，比如拖拉机零件、各种各样的热水瓶，和满满的一页又一页的工作服。

加内特从她家的信箱里拿出其余的邮件。她一眼就看出来这些不是真正的信。信封很薄,左上角用小字印着公司的名字,显得很正式,其中两个信封上还有透明的长窗口。不,这些不是真正的信。是账单,没错。

香蕾拉正盯着一位穿晚礼服的美丽姑娘的照片。照片下面写着:你最出色。完美的舞蹈礼服。尺码 14 至 40。定价 11.98 美元。

"等我十六岁的时候,"香蕾拉一脸憧憬地说,"我所有的衣服都会像这样。"

但是加内特没有听她说话。她知道账单意味着什么。今晚,爸爸会在厨房里坐到很晚,忧心忡忡,一声不吭,在一张纸上加加减减。别人都上床睡觉很久之后,灯还会亮着,他在那里独自枯坐。要是下雨就好了!那样就会有好的收成,赚到更多的钱。她抬头望着天空。和几个星期以来一样,天空万里无云。

"我得回到我心爱的熨衣板那儿去了。"香蕾拉苦着脸说,把商品目录啪地合上,递给加内特。

她们在豪泽农场分了手,加内特看着香蕾拉胖胖的后背,腰带上还挂着洗碗布"裙摆",不禁大笑起来。

她爬上长长的山坡回家时,看到了掩映在树木之间的那条清澈的小河。水位越来越低了。很快,水位就会低到蹚水就能过河了。

汗水顺着她的额头滚落,流进了她的眼睛里,如同大颗的泪珠。她感觉后背湿了一片。她真希望自己不用把那些账单交给爸爸。

她拐进家门口时,影子变长了。哥哥杰伊正把一桶桶牛奶从谷仓搬到房子下面的冷藏室。杰伊十一岁,对于这个年龄来说,他个子很高,皮肤也很黑。

"有我的信吗?"他喊道。

加内特摇了摇头,杰伊就走进了冷藏室。

谷仓又大又旧,像一辆正在转弯的公共汽车一样歪向一边。将来,等爸爸有了钱,他会建一座新的谷仓。谷仓旁边有一个大筒仓,加内特又像往常一样想:要是在那里有个房间该多好啊!小小的,圆圆的,有一扇向外打开的带铰链的窗。那简直就像城堡里的一个房间。

她在猪圈旁停了一会儿,看了看那头大母猪"皇后夫人"和它的一窝小猪崽儿。小猪崽儿刚出生,个个长着光滑的大耳朵,蹄子特别小,看上去就像穿着高跟鞋似的。皇后夫人波涛汹涌般地翻了个身,吓得那些孩子尖叫着四散逃开。它是个不耐烦的母亲,总是生气地哼哼着,被小猪崽儿打扰时就一脚把它们踢走。

加内特还没有给那些小猪崽儿起名。她靠在栏杆上,开始想名字。小猪崽儿里个头儿最大的那只,即使作为猪来说,也显得特别贪婪和自私。它把兄弟们踩在脚下,咬它们的耳朵,把它们粗暴地拱开。毫无疑问,它长大后会像它爸爸一样赢得大奖。"雷克斯"这个名字挺适合它,或者"皇帝",或者"暴君",这几个名字念起来都很霸气。加内特最喜欢那头矮胖的猪,它个头儿小小的,皮肤光滑,长着一张忧伤的脸,不喜欢打斗。它从来就没有吃饱过。不知为什么,"蒂米"这个名字好像很适合它。

加内特慢慢地走向大枫树下的黄房子,打开了厨房的门。

妈妈正在黑色的大煤炉上做晚饭,小弟弟唐纳德坐在地板上,嘴里发出火车行驶般的声音。妈妈抬起头来。她的脸颊被热炉子烤得发红。"有信吗,亲爱的?"她问道。

"是账单。"加内特回答。

"哦。"妈妈说,然后转身继续做饭。

"还有农商百货店的商品目录。"加内特赶紧说道,"里面有一条裙子,你穿上肯定很好看。"她找到那张"你最出色"的照片。

"亲爱的,我觉得这不是我的风格。"妈妈看着裙子笑道,轻轻拉了拉加内特左边的辫子。

加内特在敞开的窗户边准备餐桌。刀、叉,刀、叉,刀、叉,刀、叉,但是唐纳德只需要一把勺子。他拿着勺子吃饭也心不在焉的,通常一顿饭后,洒在外面的麦片跟他吃进肚里的一样多。

加内特在桌子中央放了一瓶番茄酱、盐和胡椒粉,一个插着牵牛花的瓷糖碗,还有一个放满勺子的玻璃杯。然后她来到下面的冷藏室。

冷藏室里寂静又昏暗。水从水龙头安静地滴进深水池里,池子里浸放着牛奶罐和黄油罐。加内特灌满一大罐牛奶,又把一块黄油放在她带来的盘子里。她跪下来,把两条手臂浸入水中。水被洒出来的牛奶弄得浑浊,但仍然冰冷刺骨。她感到一阵凉意传

遍全身的血管,不禁打了个寒战。

她再次走进厨房,瞬间觉得像走进了一个烧红的烤箱。

唐纳德不再扮火车了,而是变成了一辆消防车。他大呼小叫地在房间里跑来跑去。他怎么能这么有精神呢?加内特想。他的头发像湿漉漉的羽毛一样贴在头皮上,面颊红得像水萝卜,但是他好像根本没注意到这可怕的炎热。

妈妈朝窗外望去。"爸爸回来了。"她说,"加内特,现在别把邮件给他,我想让他好好地吃一顿晚饭。把邮件放在日历后面,过会儿我来处理。"

加内特急忙把账单推到水池上方架子上的日历后面。日历上有一幅画:羊群在荒野的山坡上吃草,身后是鲜艳的粉红色天空。画的名字叫《高原的余晖》。加内特常常看着它,觉得好像自己也站在那个安静的地方,站在羊群旁边,除了羊吃草的声音,其他什么也听不见。这让她有一种愉快而悠远的感觉。

随着那特有的嘎吱声,纱门打开了。爸爸走了进来,到水池边洗了洗手。他看上去很累,脖子被太阳晒黑了。"这日子真够受的!"他说,"再过一天这样的……"他摇了摇头。

天气太热,吃不下东西。加内特讨厌面前的麦片。唐纳德在哭闹,还打翻了他的牛奶。只有杰伊在一本正经地好好吃饭,而且好像吃得很开心。加内特想,如果手边没有其他东西可吃,他没准儿能把一座房子的瓦片都吃掉呢。

加内特帮着把碗洗干净后,和杰伊一起换上游泳衣,来到河边。他们必须走过一条公路,通过一个牧场,穿过六个沙洲,才能来到一个水深足够游泳的地方。这是小岛旁边一个幽暗而安静的水潭。树木荫蔽着水潭,树根在水中伸展。孩子们靠近时,三只乌龟从圆木上滑下去,在静止的水面形成三个慢慢扩大的圆圈。

"看起来像茶水。"加内特说,她把脖子浸在褐色的温吞水里。

"感觉也像茶水。"杰伊说,"真希望水能凉一些。"

但这毕竟是水潭,而且水深足以游泳。他们浮在水里,比赛游泳,还站在那棵像弓一样弯在水潭上方的老白桦树上往水里跳。杰伊跳得很好,入水时几乎没有溅起水花,但加内特每次都是腹部落水。像往常一样,杰伊的脚趾又被一块锋利的石头划

伤,流了很多血;像往常一样,加内特又被困在了激流里,不得不尖叫着被杰伊救出来。他们小心翼翼、辛辛苦苦地用枯树枝做了一个小划子。两人刚一坐上去,小划子就沉了。但没有什么能破坏他们的兴致。

他们终于被水浸透,眼睛甚至都发红的时候,就到沙地上去探险,这些沙地是近几个星期因为干旱才从河里露出来的。在沙地上能找到各种各样的东西:张开的贝壳,里面的颜色像珍珠一样;被水浸湿的树枝上长着绿色的苔藓;生锈的烟盒、搁浅的鱼、瓶子和一个破茶壶。

他们朝不同的方向走,弯着腰,仔细查看,然后捡起几样东西。潮湿的沙地有一股浓浓的泥土味。过了一会儿,明晃晃的太阳在树后落下去了,但空气似乎并没有变得凉爽。

加内特看到一个闪闪发亮的小东西半埋在沙子里。她跪下来,用手指把它抠了出来。是一枚银顶针!这东西是怎么落到河里的呢?她扔掉刚才捡起的那只旧鞋子、抛光玻璃碎片和六七个蛤蜊壳,上气不接下气地拿着银顶针跑过去给杰伊看。

"是纯银的!"她得意地喊道,"我想它一定还有魔法!"

"魔法?!"杰伊说,"别傻了,根本没有这种事。不过我敢说它很值钱。"他看上去有点儿嫉妒。他也找到了两个很有分量的东西——一个是公羊头盖骨,眼窝里长着青苔,另一个是一只大麝香鳖,长着一张尖嘴,样子很凶狠。

加内特小心翼翼地用手指抚摸着带有美丽花纹的鳖壳。

"我们就叫它'老铁壳'吧。"她建议道。她喜欢给东西起名。

过了一会儿,天完全黑了,什么也看不清,他们就又去游泳了。加内特紧紧握住她的银顶针。这是她找到的最好的东西,不管杰伊怎么说,它肯定会给她带来好运的。她感到非常高兴,在水里漂浮着,仰望着天上闪烁的星星和萤火虫。

天越来越黑,蚊子闹得很凶,他们就决定回家了。

从沙地走回来的路上一片漆黑,非常吓人。在长满树木的河岸上,猫头鹰发出一种轻柔而迷茫的叫声。有一只猫头鹰不时地尖叫,声音高亢又恐怖。

加内特知道它们只是猫头鹰,但是在闷热无比的暗夜,除了萤火虫严肃地眨着眼睛之外,没有任何亮光,她觉得它们可能是别的什么东西:一些脚步很轻的动物在夜色中活动,躲在树林里监视和跟踪他们。杰伊却没有留意,他用毛巾使劲拍打着蚊子。

"听着,加内特,"他突然说道,"我长大后不打算当农民。"

"可是,杰伊,你还能做什么呢?"加内特惊讶地问。

"我不想当农民,眼睁睁地看着我的好庄稼被小麦锈病毁掉,或者被干旱烤焦。我不想把生命浪费在靠天吃饭上。我想出去闯一闯。到海上去。我想当一名水手。"

他们俩都没见过大海,但感觉大海有一种遥远、潮湿、带风的声音,令他们感到兴奋。

"我也要当水手。"加内特大声说。

杰伊只是嘲笑她:"你?女孩子不可能当水手。"

"我可以。"加内特坚定地回答,"我会是有史以来的第一个。"她仿佛看见自己穿着水手服,领口上还印着星星,正顺着一根高高的索具往上爬。头顶是蓝色的、令人晕眩的天空,有无数的鸟儿在飞翔;远处是波涛起伏的蓝色大海和怒吼的狂风。

她只顾着想象这幅画面,忘记了自己在做什么,一下子撞在了栅栏上。她的游泳衣被铁丝挂住了。"小傻瓜,你怎么不看路呢?"杰伊说,耐心地帮她把游泳衣解开。

他们从铁丝下钻进牧场。天很黑,走路必须多加小心。连一丝风都没有。

"我觉得我根本就没有游泳。"杰伊抱怨道,"感觉比之前更热了。我真想再回去泡一泡啊。"

"我可不想。"加内特说,"我想去睡觉了。"一想到在漆黑的

水潭里游泳,周围还有那么多猫头鹰守着,她就觉得毛骨悚然。但她没有把这话告诉杰伊。

空气中弥漫着尘土味和牧场花草的芳香,那是薄荷、香蜂花,还有长生草的味道。

加内特深深地嗅了嗅。

"我们只在冬天当水手吧。"她说,"我想在这里度过所有的夏天。"

他们翻过牧场的大门,走上通向自己家的那条尘土飞扬的小路。只有厨房里亮着一盏灯。透过窗户,他们看到爸爸埋头在看一个笔记本。

"算了!"杰伊低声说,"我永远也不要当农民!"

加内特道了晚安,踮着脚走上楼,来到自己的房间里。天气太热,烛台上的蜡烛都融化了,弯成了两截。加内特把它弄直,用她带上楼的那根蜡烛把它点亮。

外面的飞蛾看见光亮纷纷飞向窗户,轻轻地用翅膀拍打着纱窗,用灵巧、纤弱的腿在纱窗上爬来爬去。小昆虫从纱网里钻进来,绕着火苗飞舞,不料被烧焦了。

加内特吹灭蜡烛,躺了下来。太热了,连床单都盖不住。她满身是汗,感觉像盖着好几层厚毯子。她听着无力的雷声,可就是干打雷不下雨。过了一会儿,她睡着了,梦见自己和杰伊坐着一条划艇畅游在辽阔的大海上。她正在划桨,感到热得要命,手臂酸痛。杰伊拿着望远镜坐在船头。"看不见一间农舍,"他不停地说,"一间也没有。"

深夜,加内特醒了,她有一种奇怪的感觉,似乎有什么事情要发生。她静静地躺着,仔细地听。

雷声又隆隆地响起来,声音比傍晚的时候大得多。仿佛它不是在天空,而是在地面上,把房子都震得微微颤抖。然后,雨点慢慢地、一滴一滴地落了下来,就像有人把硬币丢在屋顶上一样。加内特屏住呼吸,那声音却停止了。"别停啊!"她低声说。一阵风吹得树叶沙沙作响,接着大雨迅猛而响亮地砸向大地。加内特跳下床,跑到窗前,凉爽的空气扑面而来。就在她的眼前,许多分叉的闪电停立在地平线上,像一棵着了火的树。

她迅速转过身,跑下窄小的楼梯,来到爸爸妈妈的卧室门前。她用力地敲门,然后猛地把门推开,高声喊道:"下雨了!雨

下得很大！"她觉得这场雷雨就像是她送给他们的一件礼物。

爸爸妈妈从床上起来，走到窗前。他们简直不敢相信。但这是真的。到处都是雨声，当闪电亮起时，可以看到雨水倾盆而下，银光闪闪，像瀑布一样。

加内特又奔下一段楼梯，出了家门。

短短的五分钟里，世界就变成了一个狂暴而陌生的地方。雷声像大鼓，像礼炮，像七月四日①的庆典，却比那些还要响。雨真大啊，就像大海整个翻了过来；狂风大作，刮得树木摇晃，发出吱吱嘎嘎的声音。闪电划破夜空，亮如白昼。加内特看到了低地牧场上的那些马，它们昂着脑袋，鬃毛随风飞扬。就连它们也看上去不一样了。

她听见妈妈在关窗户。加内特赶紧跑到杰伊的窗前喊道："醒醒，醒醒！快出来淋雨吧！"哥哥一脸惊讶。"哦，天哪！"他说着，不到一秒钟就跑到了户外。

他们大呼小叫，像发狂的野兽一样在草坪上跑来跑去。加内特的脚趾被绊了一下，一头栽进了大黄田里，但她毫不在意。仿

---

①每年的七月四日是美国的独立纪念日。

佛她自出生以来就没有这么开心过。杰伊抓住她的手,两人一起跑下山坡,跑过菜园。他们脚下打着滑,躲开了豆角架和卷心菜,精疲力竭地停在了牧场的围栏边。

天空中突然闪过一道耀眼的强光,加内特闭上了眼睛。与此同时,传来了一声巨响,世界仿佛被劈成了两半。大地在他们脚下震动。这意味着闪电击中了附近的什么地方,而且离加内特很近。听到妈妈在门口呼唤她,加内特就像兔子一样向家里跑去。

"我们假装在跳求雨舞。"她辩解道。

"你们成了落汤鸡!"妈妈叫道,"你们俩身上都脏得要命,很可能会得重感冒的。"她手里的油灯映着她的微笑。她又说:"说句实话,我自己也巴不得这么做呢。"

现在房子里凉快了。风吹进加内特的房间。她换上一件干爽的睡衣,把毯子拉到下巴底下,听着外面的暴风雨声。很长一段时间里,雷声隆隆,闪电不断,之后雷声和闪电越来越稀疏,最后完全消失了。

但是大雨下了整整一夜,雨声不绝于耳,水沟的流水声、屋檐的滴水声、雨水拍打树叶的声音此起彼伏,水从阁楼的裂缝落

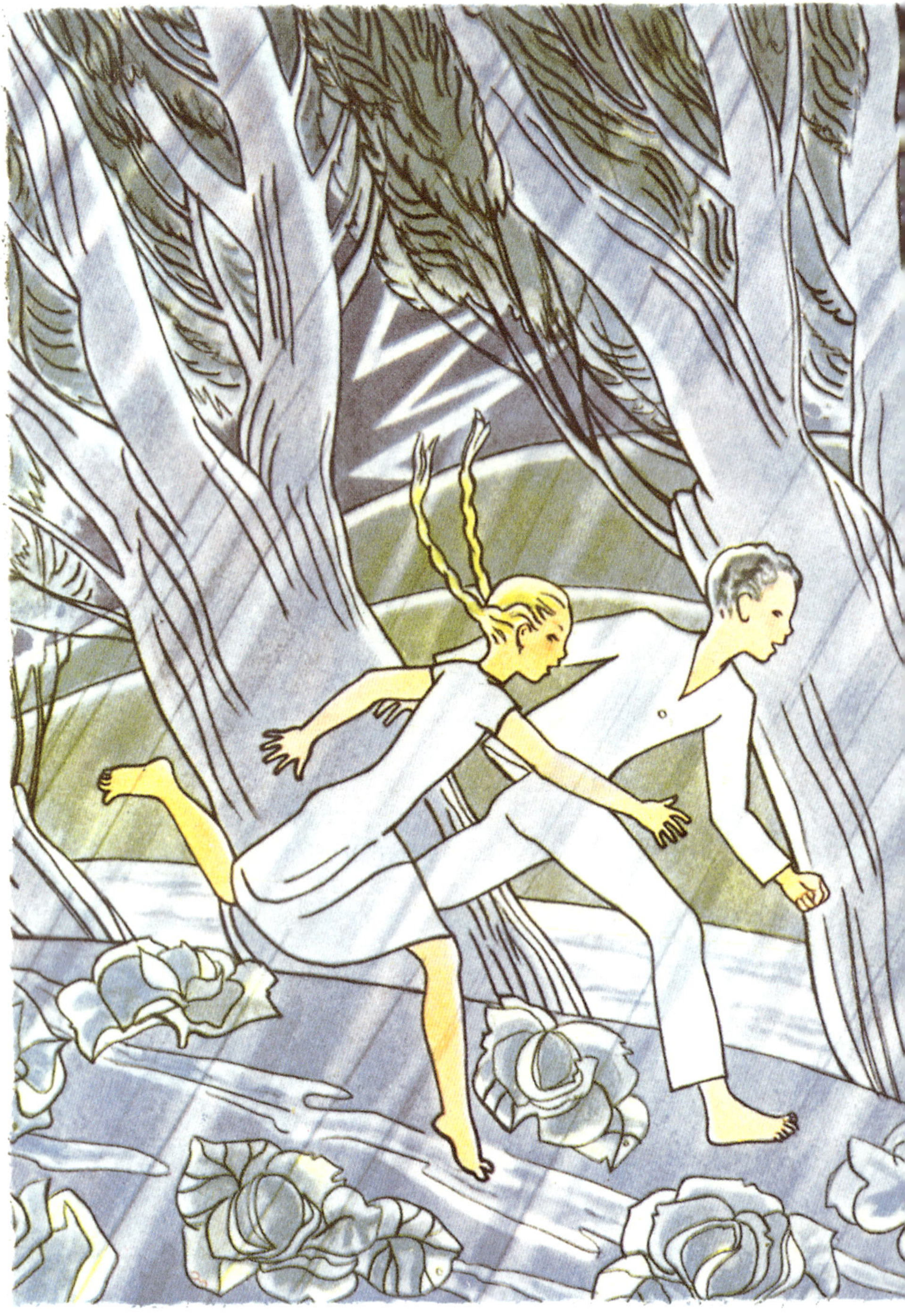

入一个洗碗盆里,砰——砰——砰,就像有人在敲锣。

加内特屏住呼吸,仔细地听着。她仿佛听到深埋在潮湿泥土里的树根在咕咚咕咚地喝水,重新活了过来。

第二章
珊瑚手镯

几天后的一个下午,雨下得很大,加内特去取邮件。她穿了一件对她来说过短的雨衣和杰伊的一双胶靴。胶靴太大了,每走一步都发出咕叽咕叽的声音。

路上流淌着咖啡色和奶油色的小水流。小蟾蜍跳来跳去,加内特小心翼翼地走着,以免踩到它们。她的雨衣散发出令人愉悦的浓浓的油香味，她还在一个口袋里发现了一片被遗忘的甘草糖。

信箱里有一个看起来很重要的信封，是给她爸爸的，还有两封给妈妈的信和一张给杰伊的乏味无趣的明信片，明信片上画着一栋办公楼和两辆停着的汽车。这是德卢斯的朱利斯叔叔寄来的。没有加内特的信，除了圣诞节和生日，她从来没有收到过信。

她把邮件放进雨衣的口袋里，转身朝香蕾拉家走去。她蹚着水，踩着水花穿过草坪，走上门廊的台阶，透过纱门望着昏暗的门厅，门厅里放着衣帽架和橡胶树。

"香——蕾拉！"她把脸贴在纱门上叫道。豪泽家就像所有的人家一样，有自己独特的气味。这里是棕色肥皂、熨衣服和油毡的味道，比较闷气。

"香蕾拉！"加内特又喊了一声。这次香蕾拉答应了，她噌噌地走下楼梯，刘海儿在前额上跳动。

"我在楼上太奶奶的房间里呢。"她解释道，"上来吧，加内特。她在跟我讲她小时候的事。"

加内特脱下沾满泥巴的靴子,走了进去。她把雨衣挂起来,光着脚跟在香蕾拉后面走上楼梯。

香蕾拉的太奶奶埃伯哈特太太已经很老了。二楼有她的一个小房间,里面摆着她亲人的照片。她年纪大了,个头儿也缩小了,坐在一把摇椅里,膝盖上搭着一条红色的针织毛毯,轻得像一片树叶。她喜欢明亮的颜色,特别是红色。

"是啊,"她告诉两个孩子,"我一直喜欢红色。当我还是个小女孩的时候,我们经常自己给衣服染色。秋天,我们采集漆树的果实,把它们煮熟,然后把布料浸在里面,染后的布料是土褐色,并不是我想要的红色。那时我总是感到很失望。"

"那时候这片山谷是什么样子的?"加内特问。

"哦,是一片荒野。"埃伯哈特太太回答说,"除了我们家,还住着另外一家。最近的一座小镇叫布莱斯维尔,离这里五公里,当时还是个不起眼儿的小地方。那时候我们干活儿很辛苦,什么事都得自己做。我们家有十一个孩子,我排在倒数第二。男孩们帮父亲犁地、照料农场,女孩们帮母亲搅拌牛奶、烘焙、纺纱、做肥皂。我们年纪还很小的时候,夏天常常躺在父亲的麦田里,一看到有乌鸦飞过来,就手拿两块瓦片拍得啪啪响。有时候鹿也会来,我们就得把它们吓跑。但我们经常走到河边,躲在灌木丛里,看鹿来喝水。鹿是多么漂亮的动物啊,我已经三十年没见过它们了。

"是的,那时这里是一片荒野,只有树林和空旷的田地,没有几条道路。我父亲曾经骑着一匹栗色母马去布莱斯维尔,那匹马叫公爵夫人。有时我表现得乖,他也会带我去,我骑在他后面,搂着他的腰。天啊,他真是个大块头。我搂着他就像搂住了一棵大树。我们常常要到天黑才回家,和父亲一起骑马穿过那片茂密的黑树林,总让我觉得自己很了不起,很有冒险精神。

"那时候还有印第安人呢。我和我的姐姐马蒂睡在一张带脚轮的小矮床上。白天,它被推到爸爸妈妈睡的大床底下,到了晚上,就被拉出来,放在属于它的那个角落里。从我们躺着的地方,可以看到隔壁燃烧着炉火的房间。天啊,那时候的冬天真可怕!有一次我们被雪困了好几个星期,我们让炉火日夜燃烧。我记得我穿了三双羊毛针织袜,还有不知道多少条法兰绒衬裙,看上去准像一棵倒立的卷心菜。嗯,在那些寒冷的夜晚,我和马蒂本来

应该好好睡觉的,但我们会朝另一个房间张望,那里的影子和火光不断地变化形状,闪烁不定,接着我们会看到前门突然被慢慢地打开了。'马蒂,你看,'我低声说,掐了一把马蒂,'他们又进来了。'我吓得浑身起了鸡皮疙瘩,马蒂一把抓住我的手。果然,门会完全被打开,印第安人会走进来,他们像猫一样安静,有时一两个,有时多达十个。他们戴着毛皮帽子,穿着鹿皮做的衣服。他们躺在我们温暖的房子里的火炉前,我们能听到他们的咕噜声和叹息声。我们从没有看到他们离开,因为不知不觉我们都睡着了,一大早天还没亮他们就出去了。但我们总能发现一件礼物,作为享用了我们炉火的交换。有时是一块鹿腿肉,有时是两只兔子,有时是一篮或一袋食物。我记得他们有一次留下了几双鹿皮鞋,其中一双是给小孩子穿的,大小正好适合我。天啊,它们真舒服,而且特别漂亮,鞋尖上还穿着珠子。后来鞋子穿坏了,我难过得直想哭。"

"真希望我也有一双。"加内特说,一边扭动着她的光脚趾,"我爱穿的鞋子只有鹿皮鞋。"

香蕾拉躺在地板上抚摸着那只马耳他猫。猫笑眯眯地坐在那儿,爪子叠在身下,呼噜呼噜地叫个不停。

"讲讲你不开心的时候吧,太奶奶。"香蕾拉说,"就是你的十岁生日。"

埃伯哈特太太笑了。"再讲一遍?"她问,"好吧,加内特还没有听过,是不是?你不知道,加内特,我当年是个很任性的小姑娘,总是想按自己的方式行事,不高兴了就会大发脾气。话说,当时布莱斯维尔只有一家商店,是一家杂货店——"

"叫艾利·詹斯勒商店。"香蕾拉插嘴道。这个故事她早就烂熟于心了。

"是的,"埃伯哈特太太说,"一点儿没错。艾利·詹斯勒是个又高又瘦、没有下巴的人,但我们都喜欢他,因为他对我们很好,每次我们走进店里他都给我们糖吃。凡是你们能想到的东西,他的店里都有:马具、食品、一匹匹的布料、鞋子、书本、工具、帽子、谷物和饲料,还有珠宝和玩具。那真是个奇妙的地方。我父亲以前经常拿这开玩笑。'艾利,'他说,'你什么时候开始卖牲畜和拖拉机呀?'

"话说,在艾利商场的陈列柜里有一只珊瑚手镯,我想那是

仿制品,可是,哎呀,我认为那是我见过最漂亮的东西了。它是用珊瑚珠子做成的,上面挂着一颗珊瑚做的心。我一心想得到它,胜过想要世上的任何东西。我唯一拥有过的珠宝,是蓝莓和玫瑰果穿成的手链。我心心念念地想着那只珊瑚手镯。每次去布莱斯维尔,我都有点儿不敢走进艾利的商店,生怕手镯已经被卖掉了。最后艾利对我说:'好吧,那只手镯值一块钱,既然你那么想要它,它又在店里放了这么久,我就便宜卖给你吧,只收你五毛钱。'

"'哦,谢谢你,艾利。'我说,'等我有了五毛钱,我就来买。'

"那是五月初。一直到八月底我才攒够了钱。我在陶瓷储蓄罐(我记得是蓝白相间的,形状像一只木鞋)里面已经存了大约一毛五分钱,我拼命干活儿,多做家务来挣更多的钱。我总是一个人照料整块西瓜地,给它除草,我父亲每卖出一个西瓜就给我一分钱。我的生日是八月二十七日,我父亲答应我,当生日到来时,他会带我骑着公爵夫人去布莱斯维尔,我就能买下那只手镯了。

"话说,生日终于到了,那是夏末晴朗而炎热的一天。那件事我一直记得很清楚,就像上个星期刚发生的一样。那年我十岁。吃过早饭后,我把家务活都干完了,然后走出门去。我父亲正在谷仓前给公爵夫人备马鞍。天啊,我好高兴啊。我把那五毛钱裹在一块手绢里,一摇手绢就叮叮地响。

"'爸爸,我可以换衣服了吗?'我喊道。

"父亲看着我。'今天不行,范妮。'他说,'我今天不能带你去了。我有事要去一趟霍奇维尔。'

"好吧,我什么也没说,转身走进了家门。我帮妈妈和姐姐们洗衣服,在菜园里摘午饭吃的蔬菜,然后帮着做菜做饭。但是我一口也吃不下。我的愤怒一直在心里滋长,觉得自己好像要爆炸了。吃过午饭,我和弟弟托马斯拎着两个桶去树林里采黑莓。我越想越生气,泪水不断地涌出我的眼睛,我看不清自己在做什么,荆棘把我的裙子都扯破了。最后,我实在忍无可忍了。我把我的桶递给托马斯。

"'你把它装满吧。'我说,'我要到布莱斯维尔去买我的手镯。'

"托马斯看着我,眼睛瞪得溜圆。'你怎么去呢?'他问。

29

"'走着去。'我说,'你要是敢告诉别人我去了哪儿,我就狠狠抽你一顿!'

"可怜的托马斯惊讶得连嘴巴都合不拢了。他当时只有六岁。我真不应该把他一个人留在那儿!但我就是一个任性又粗心的小姑娘。

"话说,我就那样走啊走啊。天气很热,路上尘土飞扬,我的脚后跟磨了一个泡。每走一步,口袋里的钱就撞一下我的腿,我就想起那只手镯。最后,布莱斯维尔终于到了,我径直走进了艾利·詹斯勒的商店。

"'我是来买手镯的,艾利。'我说,'我攒够了五毛钱,能买得起了。'

"艾利诧异地看着我。'哎呀,范妮,'他说,'我还以为你不会来了呢。一个多星期前,我把手镯卖给了米尼塔·哈维。'

"唉,这太过分了。我把头埋在柜台上,哭得肝肠寸断。艾利也感到很难过。

"'我说,范妮,'他说,'别哭了。我按同样的价格把这个玛瑙小吊坠卖给你吧,这更划算。或者,你想要那条蓝珠子项链?'

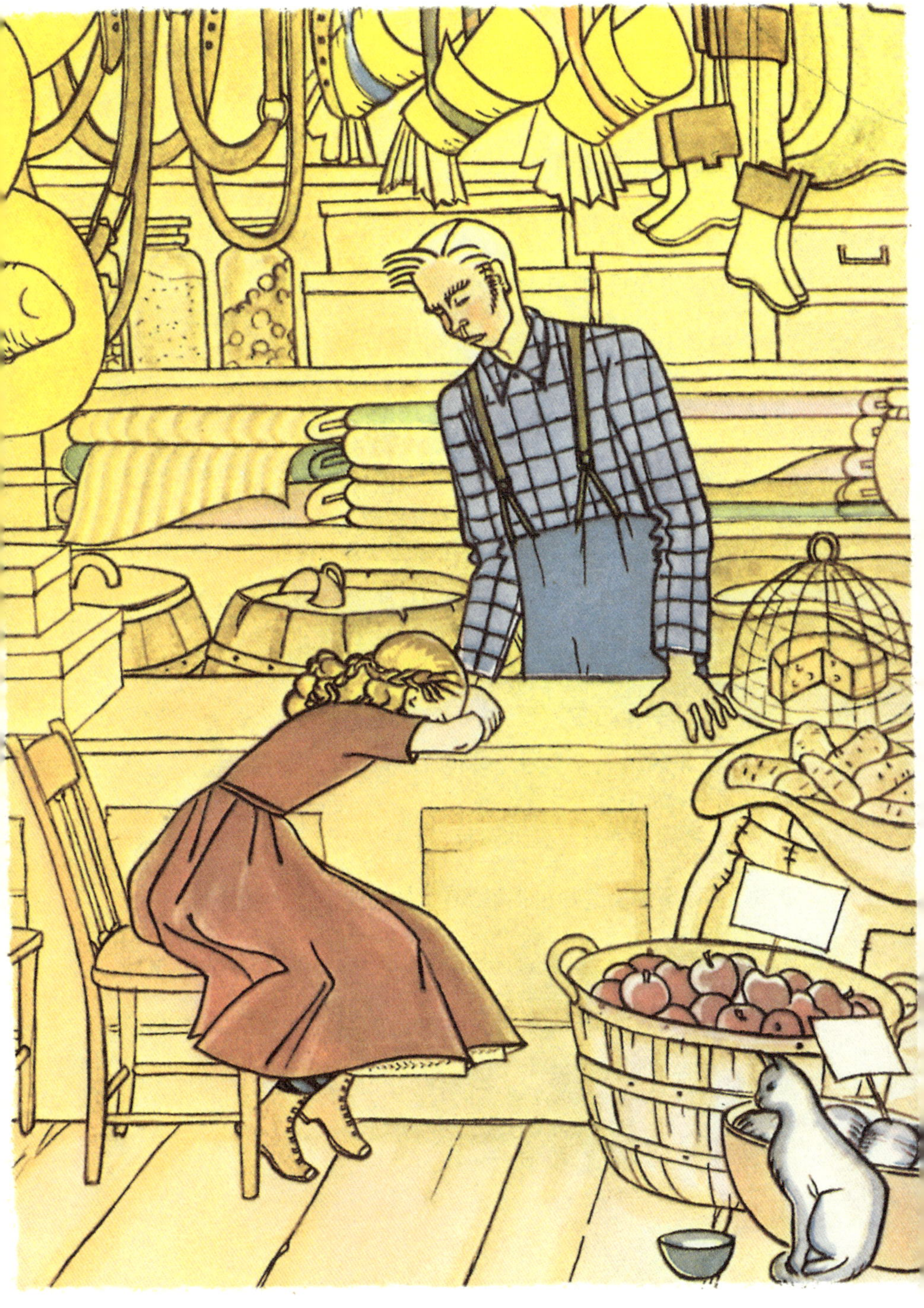

"可是,不行,除了那只珊瑚手镯,我什么也不要。

"最后,我不哭了,擦干了眼泪,我对艾利说:'天色不早了,我得走了。'我想,他根本不知道我要在那么晚独自回家,不然他肯定不会放我走的。他给了我一根'喝一天'棒棒糖,还拍了拍我的肩膀。

"'别再惦记那只小手镯啦。'他说,'下次我去霍奇维尔,也许能给你找到一只完全一样的。'

"就这样,太阳落山时,我开始赶路。路两边的树林又密又黑,而且天变得越来越暗。四下里静悄悄的,只听见蟋蟀的叫声。我抽了几下鼻子,觉得自己很可怜。哎呀,我是多么失望,多么疲倦啊。

"大约走了四分之三的路程,我突然注意到有人向我走来。天真黑啊,星星倒是都出来了,但还是很难看清对面的人。一时间,我想躲在路边,但接着又想,这方圆几公里的每个人我都认识,没有什么好害怕的。直到我走近那个人,才发现是个陌生人。他胳膊下夹着一个包裹,穿着一件印第安人才会穿的那种鹿皮上衣。

"'晚上好。'我走到他跟前时礼貌地说,然后我一直往前走。

"'你好,小女孩。'男人说着,伸手抓住了我的胳膊,'你这么急急忙忙要去哪儿?'

"'回家。'我回答,尽量不让自己的声音显出害怕,'请让我走吧,我吃晚饭要迟到了。'哦,天哪,天哪,我想,我为什么不跟托马斯待在一起。

"'吃晚饭。'那人说,'如果你根本没有晚饭可吃,你会是什么感觉?如果你不知道下一顿饭从哪里来,你又会是什么感觉?'他把我的胳膊抓得更紧了。'也许你口袋里有几分钱,可以给一个饥饿的人买些吃的。'他说。

"'啊,可以,可以!'我大声说,从口袋里掏出打结的手绢,递给了他。'这是五毛钱。'我说,'你都拿去吧。'然后我抽出胳膊,一阵风似的跑开了。我不敢回头看,但是在跑回家的一路上,好像都能听到那个人在嘲笑我。

"我跌跌撞撞地顺着小路跑到门口,一头冲进家里,呼呼地喘着粗气,满脸通红。

"'范妮!'我母亲叫道,'托马斯在哪儿?'

"'托马斯!'我说,'他不在家吗?'

"'他不在家。'我母亲回答,'我为你们俩担心得要命,几个男孩正要出去找你们呢。托马斯在哪儿?你把他丢在哪儿了?'

"'哦,妈妈,'我说,'我留下他一个人采黑莓。'我一下子崩溃了,把事情原原本本告诉了她。

"我的哥哥乔纳森和查尔斯,赶忙拿着两个灯笼去找托马斯。查尔斯还带上了他的猎枪。

"我走到外面,坐在门柱上,眺望着整个山谷。过了一会儿,月亮出来了。我记得那是一轮满月,是真正的收获月[1];雾气从小河里袅袅升起,所有的小池塘都烟雾缭绕。一只猫头鹰在树林里叫个不停,我还听到了一只狐狸的叫声。在那一刻,我想世界上再没有比我更悲惨的孩子了。哦,托马斯,我想,我为什么把你一个人留在树林里?就为了一只我永远得不到的破手镯。

"我感觉自己好像在那儿坐了好几个小时。当我看到哥哥们的灯笼在树丛间闪烁时,我的衣服都已经被露水打湿了,我的牙

---

[1] 收获月是指出现在最接近秋分时的满月。秋季,农夫可以在太阳西沉之后,借着皎洁的月光继续采收农作物,因此得名。译者注。

齿在嘚嘚打战。

"我母亲从家里出来,大声对他们说:'托马斯和你们在一起吗?'

"他和他们在一起,谢天谢地!他们发现托马斯在农场附近的沼泽地里游荡,呜呜地哭泣。他在迷路和害怕的时候,也一直很小心,不让桶里的那些黑莓撒出来。

"唉,我蹑手蹑脚地进了屋,脱掉衣服,爬到带脚轮的小床上,躺在睡得正香的马蒂身旁。过了很长时间,我听到了公爵夫人踏在木桥上的蹄声,知道是我父亲从霍奇维尔回来了。那座桥总是发出打雷般的声音。

"我父亲进门后,我听到母亲把我做的事情告诉了他。

"'唉,可怜的范妮,'他说,'我不会再对她说什么了。她似乎一整天都在惩罚自己。'

"这是真的。我觉得好像已经挨了一顿鞭子。

"这就是我十岁生日时发生的故事。"

加内特站起身,单脚跳了起来。她的脚坐麻了,自己都没有意识到。

"哦,真希望你得到了那只手镯。"加内特说,"这是我听过最倒霉的生日故事了。我认为你父亲很小气,说话不算话。"

"不,他从来都不小气。"埃伯哈特太太说,"在那一年的圣诞节,他给了我一个小盒子,你猜里面是什么?"

"我知道!"香蕾拉骄傲地说。

"里面是一只珊瑚手镯!"埃伯哈特太太得意地说,"跟艾利卖给米尼塔·哈维的那只镯子是一对。我简直不敢相信自己的眼睛。'爸爸,'我喊道,'你是从哪儿弄到的?'你知道吗?我父亲是在我生日的那天在霍奇维尔买到了这只手镯。摆在商店橱窗里的手镯吸引了他的目光,他心里暗想:'这只手镯跟范妮非常想要的那个一模一样。我给她买下这个,她就可以用那五毛钱买别的东西了。'当然啦,他回到家里,听说了我惹下的那些祸事后,就决定还是等到圣诞节再把手镯给我。"

"你的珊瑚手镯还在吗?"加内特问。

"不,现在不在了。"埃伯哈特太太回答,"我一直戴着它,直到长大成人。后来有一天,我在井边打水,伸手从辘轳上拿水桶时,手镯断了。所有的小珠子和小红心,都掉到下面很深的井水里去了。我能听到它们落水时溅起的水花声。"

她一声长叹后打了个哈欠。

"走吧,孩子们。"她说,"我想我需要小睡一会儿了。回想那么久远的往事,让我有点儿困。想想吧,那是七十多年前了。那个人是我吗?有时候感觉那些事情好像都发生在别人身上。"

加内特和香蕾拉踮着脚走下楼梯。

"我真希望有个太奶奶。"加内特羡慕地说,"我只有奶奶,而且她住在德卢斯,我从来没有见过她。"

"太奶奶可好了。"香蕾拉得意地说,"她给我讲了很多故事。只是她一直在睡觉。老人总是这样,我不知道为什么。等我长大了,我要每天晚上都熬夜不睡,直到我离开这个世界。"

两个女孩到厨房找东西吃。她们在蛋糕盒里发现了一块巧克力蛋糕,在一个陶罐里找到了几个桃仁小甜饼。这就是香蕾拉家的奇妙之处:厨房里总是恰到好处地放着一块蛋糕,还经常有一盘软糖,饼干罐从来都不是空的。也许正因如此,豪泽家的大多数人都那么胖。

加内特说了再见,来到户外时,发现雨已经停了,午后的阳

光透过乳黄色的薄雾照耀着大地。每一片叶子和花瓣上都挂着晶莹的雨珠,山谷的树林里到处都有哀鸠在轻啼。加内特看见一条蛇在潮湿的蕨草间爬动,就像一条拉长的缎带,她还看见一只毛毛虫的绒毛上沾着露珠,正往一棵毛蕊花的茎上爬,一只蜗牛伸出触角,享受着这份湿润。

加内特想,曾经,在这样的日子里的某个时刻,只有印第安人能看见这里的蛇、毛毛虫和蜗牛。他们穿着鹿皮靴,在草丛中轻轻地行走,碰落了接骨木花上的雨珠。

做一个穿着带流苏的鹿皮裙子的印第安女孩肯定很好玩儿。加内特看见草丛里有一根长长的、脏兮兮的乌鸦羽毛,就把它捡起来插在了头发上。然后她俯下身,踮着脚走路,就像她想象中的印第安人那样。

一声大笑把她吓了一跳,她抬起头,看到杰伊趴在牧场的栅栏上。

"你为什么那样弯着腰走路?你头发上为什么插着那根破羽毛?"他问道,"你看起来就像一只闹胃疼的老母鸡。"

加内特也觉得自己很蠢。她把羽毛从头发上拿下来,决定晚些时候再把明信片交给杰伊。

她走到谷仓去找爸爸,把那封看上去很重要的信交给了他。她想知道里面是什么,就靠在旁边的一头奶牛身上,看着爸爸打开信封。爸爸匆匆撕开信封的封口,加内特注意到他的目光快速地来回扫过印在信上的文字。他笑了。

"加内特,"他说,"我们再也不用担心这个旧谷仓会倒塌了。我们要建一个新谷仓。政府会借给我们一笔钱!"

第三章
石 灰 窑

加内特打着哈欠,合上最后一块火腿三明治,把它和另外几块三明治一起包在一条湿毛巾里。她突然合上嘴巴,想起如果她要通宵不睡,现在可不是打哈欠的时候。她向窗外望去:燕子已经高飞在空中。一般来说,这是傍晚来临的迹象。她看到杰伊站在牧场上,手里提着牛奶桶。

加内特把双手举过头顶,不断往上够、往上够,直到肌肉像被拉紧了的橡皮筋,然后她拿下咖啡壶——那个盖子上有缺口的大玛瑙壶。在砌窑炉的夜晚,爸爸要喝很多咖啡才能让自己醒着。

终于,石灰窑开始烧火了。一直要烧三天三夜,才能烧出建造一座漂亮的新谷仓所需要的石灰——用来制造水泥、抹灰和粉刷的石灰。石灰窑砌在三公里外一片茂密的树林里,是一个巨大的圆锥形窑炉,背靠一座小山。豪泽家的两个大男孩在那里待了一整天,往熊熊燃烧的炉火里添加木头。到了晚上,加内特的爸爸和费伯蒂先生来替换他们。他们每隔十或十五分钟就得添一次木头,不能中断;必须把粗大的木头轻轻推进去,以免把堆积在里面的石灰石碰碎。每天晚上,加内特都央求带她一起去,现在爸爸终于同意了。

她把大咖啡壶放在桌子上其他东西的旁边。它像个大将军似的,显得特别突出。在加内特看来,厨房里的东西多半有自己的特点:茶壶盖儿会笑,会像小猫一样呜噜呜噜叫;闹钟叉开两条腿站着,上面的小锣像一顶帽子;炉子是一个胖胖的老太婆,

等着人们犯错误,而在煮东西的时候通常发出轻蔑的嘶嘶声。

加内特轻声哼着歌,听起来有些奇怪。房子里很安静。爸爸在楼上睡觉,他今天早上才从窑炉回来,累极了,之后就一直在睡。妈妈和唐纳德到河边去呼吸新鲜空气了,杰伊在牧场上挤奶,因为已经没有谷仓能让奶牛待在里面了。

加内特从蛋糕盒里拿出一个苹果派,用蜡纸包了起来。整夜不睡觉一定很好玩儿。她打算连一分钟都不睡,尽管妈妈坚持让她带上几条毯子以防万一。到了午夜时分,她要把咖啡热一热,然后和大家吃一顿野餐。

杰伊吹着口哨儿走进厨房:"我要去喂猪了。"他拿起带盖的桶,匆匆走了出去。片刻之后,加内特听到那些猪因为饥饿和贪婪,像女妖一样尖叫起来。

加内特专门为蒂米准备了一个小盘子,里面装着最好的剩菜。她端起盘子,跑向外面的猪圈。蒂米变聪明了,正站在栏杆边等她,而不是跟粗鲁的同胞一起争夺食物。自从有了加内特的关照,它变得好看多了,而且一见到加内特就高兴得直哼哼。加内特希望它高兴不仅是因为见到了晚餐,还因为见到了她。她看着它狼吞虎咽地吃着剩菜,耳朵激动得直发抖,还把一只纤细的蹄子插在盘子中央。

"等冬天来了,我每天都给你吃鱼肝油。"她对蒂米说,"到明年夏天,我打赌你肯定会长成一头非常漂亮的猪。说不定还能在展销会上赢得一条丝带呢。"

蒂米转过身,离开空盘子,躺在凉爽的泥巴坑里,心满意足地打起了呼噜,加内特回到了屋里。

那座破旧的、歪歪斜斜的谷仓不在原来的地方了,看上去有点儿不习惯。上个星期,爸爸和杰伊·费伯蒂先生把谷仓拆掉了,只剩下框架。爸爸把一根结实的绳子一头儿拴在一根柱子上,另一头儿系在拖拉机上。然后,他开足拖拉机的马力,谷仓的框架被拖得轰隆一声倒下,腾起一大片黄色的尘土。

谷仓原来的红墙不在了,现在可以望见果园和牧场对面的小河。谷仓原来所在的地方,堆放着木材和从采石场运来的石灰石。只等石灰准备好了,他们就开始建新谷仓。

加内特瞥了一眼钟,快要六点了,该准备晚饭了。她往炉子里添了些木柴,在胖胖的水壶里灌满了水。然后她拎着一个篮子

来到菜园里,准备摘一些莴苣和黄瓜。

最近经常下雨,菜园里一片欣欣向荣。西瓜就像一条条绿色的小鲸鱼,掩映在叶子的海洋里,山坡上的玉米就像插着羽毛和旗子前进的游行队伍。

加内特觉得,蔬菜开的花就跟花园里的鲜花一样漂亮。秋葵的花是奶油色的,花心却是暗红色的,像一朵蜀葵,茄子上点缀着紫色的星星,无籽洋葱的顶部开满了带花边的花朵,南瓜藤都像丛林里的植物一样有生机,把黑色的叶子铺在巨大的橙色花朵上。

加内特跪下来用刀割莴苣时,一只大癞蛤蟆气呼呼地跳开了,她笑了起来。她还摘了几根黄瓜,当开始往山上走时,遇到了从河边回来的妈妈和唐纳德。

唐纳德在泥巴地里坐过,衣服上黑了一片。他肩上扛着一根小鱼竿,但没有钓到鱼。

"这也难怪,"妈妈说,"他尽忙着拉起鱼钩看有没有钓到东西,害得那些鱼根本没有时间来咬钩。"

"下次我要拿一张网,把它们都捉回家。"唐纳德没好气儿地说。他扯开了嗓门儿,一路狂吼乱叫着跑回家里。

吃过晚饭,杰伊和加内特跟妈妈说了再见,和爸爸一起上了福特汽车。这辆车从杰伊还是个小婴儿时就在家里了,车身又高又窄,看上去有些年头儿。坐在里面就像坐在宝座上,又像坐在摩托艇上。它以每小时二十四公里的速度,嘎吱嘎吱地往前开,那动静倒像时速有八十公里似的。

两个孩子和爸爸坐在前排,野餐用品、毯子和外套都堆放在后座上。

山谷披上了蓝幽幽的暮色,农舍窗户里的灯闪着亮光。

夜晚的空气里有好几百种气味。加内特像小狗一样抬起鼻子,想把它们都闻个遍。菜园里的卷心菜腐烂得很厉害,她路过时只好屏住呼吸;天黑后的玉米地有一种特殊的气味,是你在白天绝不会注意到的,闻起来一点儿也不像玉米,奇异而浓烈;路边沟渠里的肥皂草在暮色中闪着微光,散发出一股浓郁的、甜丝丝的香味。

加内特心里充满了冒险的喜悦。她以前从来没有离开家在外过夜,而杰伊去过两次密尔沃基,还去过一次芝加哥。

他们离开公路,拐上了一条有车辙的土路。福特汽车一路砰砰地颠簸,颤抖,咖啡壶的盖子像小手鼓一样叮当作响。现在两边都是树林了,树叶在高处相接,遮挡住最后一丝亮光。突然间,四周幽暗,空气憋闷。

不一会儿,他们看见窑炉的亮光在树丛间闪烁。"太好了!"爸爸说,"火已经烧透了,这是我上这儿来的最后一夜。"

他们把车停在一块空地边上,下了车。费伯蒂先生的旧卡车和豪泽家的新卡车就停在附近。

豪泽家的两个男孩——西塞罗和莫尔,跑过来迎接他们。他俩的脸上都是横一道竖一道的灰,看上去很疲倦。

"哎呀,真高兴见到你们。"西塞罗说,"这里一整天都热得要命。但这次它没让我们失望。"

他们爬上卡车,大声道了晚安。

加内特入迷地盯着石灰窑:炉子特别大,上面敞开着,顶上有白色和紫色的火焰,铁门被烧得通红,像龙的眼睛一样闪闪发光。

"看到了吗,加内特?"爸爸解释说,"当火的温度达到最高时,炉子里的石灰石就完全熟了,火焰就会那样从顶部冒出来。我们说的'穿透'就是这个意思。"

费伯蒂先生坐在窑炉旁的一根圆木上。他身材矮小,性情安静,蓄着一撮大胡子,即使在他睡觉的时候,那胡子也像是醒着在放哨。他的狗"少校"躺在他脚边打瞌睡,似乎在梦中追赶兔子,身体不住地抽动。

每隔十或十五分钟,两个男人就用一根铅管打开金属门,咣啷啷的声音打破了树林中的黑暗和沉寂。当费伯蒂先生和林登先生摇摇晃晃地举起大木头,填到火窑里去的时候,你可以看到那明亮的火焰中心。

加内特很喜欢这一切。她把毯子铺在离火较远的一棵大樱桃树下,摆好野餐的东西。她把杯子挂在灌木的树枝上,把土豆埋在从窑里扒出来的热炭灰里。

杰伊也忙得很。他帮两个男人搬木头,并为他们打开烧得通红的窑门。

偶尔,附近农场的人看见树林里燃烧的窑炉,会跑过来观看,并且闲聊一会儿。老石匠亨利·琼斯也来了。他在这片山谷里

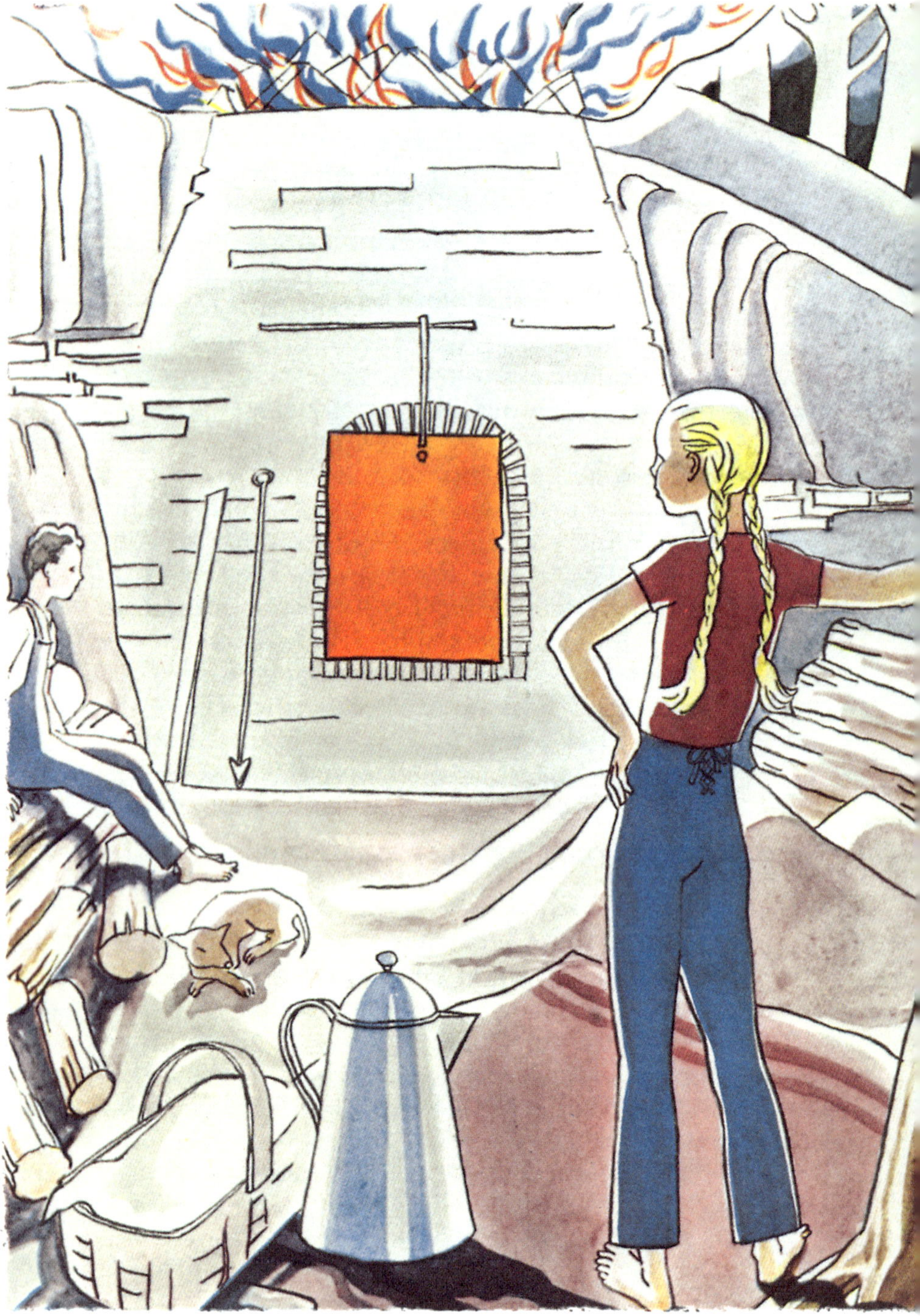

已经住了八十年,依然还记得把他和家人从利物浦运过来的那艘大帆船。他还记得那辆由骡子拉的车,他们是坐着它来到这片山谷的,然后他父亲就在这里定居下来。他父亲把自己的手艺教给了亨利,亨利长大后成了县里最好的石匠。但现在他已经很老了。他半睡半醒地坐在一个树桩上,注视着火光冲天的窑顶。

"我这辈子见过差不多一千个这样燃烧的窑。"他对加内特说。

渐渐地,夜已深,人们纷纷离开,只剩下了他们四个。如果算上少校的话,应该是五个。

加内特坐在樱桃树下的毯子上,看着杰伊和两个男人给火窑里添木柴。在这一圈火光和声音之外,树林向远处延伸,看起来比白天还要高耸,还要荒寂。多么安静啊!然而当她仔细倾听时,却发现那并不是真的安静。

四下里有几十种声音:猫头鹰的叫声,树叶颤动的响声,远处沼泽地里有一只夜鹰不停地唠叨,好像永远也停不下来。在她的头上、脚下和身边,到处都有昆虫发出的微小声音。但是,所有这些声音合在一起,又形成了一种奇特的安静。

加内特想,我还是躺一会儿吧,我不会睡着的。

她从羽毛一般柔软的树枝间看着星星。突然,有一颗星星拖着尾巴划过天空。她对着星星许了个愿,不由得闭上眼睛,睡着了。

窑门发出咔嗒一声巨响,把她惊醒了。她坐起来,揉了揉眼睛,听到几公里外布莱斯维尔法院的钟在报时。她数了数,一共敲了十二下——钟声悠远而嘹亮。在此之前,她从未醒着听过半夜十二点钟的钟声!

她爬起来,把咖啡和水倒进大罐子里,从狭窄的小路爬上山坡,来到窑顶。她把罐子放在煤块上,尽可能靠近窑顶的火苗。

下来后,她把土豆从炭灰里扒了出来。土豆已经烤得很熟,皮都烤黑了。

杰伊被烟灰染上了一抹黑胡子。"天哪,我饿了。"他说。

"我也是。"加内特附和道,"我从来没有在半夜里吃过饭。"她想,在这样的时刻,食物应该有一种特别的味道。咖啡煮好后,她把咖啡壶放在一张纸上,和那些歪歪斜斜的火腿三明治放在一起。大家都没怎么说话。

他们借着跳动的火光，把东西都吃光了，连一点儿面包屑都没剩下。

当加内特把苹果派拿出来时，费伯蒂先生假装晕倒了。

"还有吃的！"他呻吟着，"我一口都吃不下了。"但他还是吃了两片。

后来，加内特又在树下坐了下来。露珠滴落，她拉过一条毯子盖在身上。不知什么原因，毯子有一股淡淡的油香，还有樟脑味。爸爸和费伯蒂先生正在用成年人的口吻谈论政治和饲料价格什么的。杰伊努力不让自己犯困，他坐在炉火旁的一根木头上，一边削一根木棍，一边假装听他们说话。

突然，少校大吼起来。

整个晚上它都没有发出一点儿声音,表现得很乖,只是对火腿三明治表现出一种天然的急切。但是此刻,它站在那里,盯着漆黑的灌木丛大声咆哮,脖子上的毛都竖了起来。

它的叫声很刺耳。

第四章

陌 生 人

"你看见什么了,少校?"费伯蒂先生问,"是什么,臭鼬吗?"他们都望着少校目不转睛盯着的那个黑暗处。

这时,传来了树叶摇动和树枝折断的声音。天这么晚了,在这片漆黑的树林里会出现什么呢?加内特觉得浑身起了一层鸡皮疙瘩。一时间,她真希望此刻她是在家里,正安安稳稳地躺在

自己的床上。

少校的咆哮最后变成了一阵惊慌的、挑衅的狂吠。它向前冲去,费伯蒂先生紧跟着跳起来。这时,灌木丛被拨开,一个人出现了。

加内特松了口气,狂跳的心平静下来。这只是个男孩,比杰伊大不了多少,根本就没有什么可怕的。

"别叫了,少校。"费伯蒂先生说。"你是从哪儿来的,孩子?"他问新来的男孩。

男孩好像有点儿奇怪。他走路歪歪斜斜的,突然身子一扑,差点儿摔倒在地。

"对不起。"他说。然后他抬起头,看着周围这几张吃惊的面孔,咧开嘴笑了。

"我闻到了咖啡的气味。我断定就在一公里之内!然后我就跟着自己的鼻子走到了这儿。天啊,我看到你们的那个炉子时,还以为整片树林都着火了呢。"他局促地舔着嘴唇,"你们能不能……我可不可以……我是说,我可以喝点咖啡吗?"

加内特不知道男孩子也可以喝咖啡,但她还是跑过去给他倒了一些。

"你多久没吃东西了,孩子?"她听见费伯蒂先生在问。

她听到的回答是"前天吃过"。

"我的天哪!"从她身边传来杰伊惊恐的声音,"两天了!看在老天的分上,给他一些苹果派吧。三明治还有剩下的吗?"

"你想想吧,你自己吃了四个呢。"加内特提醒他,"少校把面包屑都舔干净了。不过,他可以吃几个土豆和一片苹果派。"

杰伊摇了摇头:"天哪!整整两天没吃东西!"他没法儿想象这种事,他一直认为,一日三餐差不多占了一个人需求的一半。

男孩把给他的东西吃了个精光,还津津有味地喝着那杯浓咖啡。喝完之后,他又笑了:"我现在大概能活下去了。"

加内特的爸爸开始提问:"你多大了?"

"十三岁。"男孩回答,"但如果我愿意,说十五岁也没问题。"

"这么晚了,你在树林里做什么?"她爸爸问。

"是啊,你是从哪儿来的?我以前没见过你。"费伯蒂先生严厉地说。

"我是搭便车来的。"男孩说,"今天下午,我没搭上别的车子,只有一辆运干草的马车。我猜可能是因为饿了吧,我有点儿头晕,干草又松又软,我就睡着了,醒来时发现自己在这个偏远的树林里。马车夫在谷仓里解开马的套具,把我完全忘到了脑后。那时候已经是晚上了,我去敲他的房门,把他叫醒,他有点儿不高兴,所以我就没有问他要吃的。他告诉我抄近路穿过树林,就能回到公路上。我想我也许可以搭上一辆卡车,夜里路上有很多卡车。可是我迷路了,后来闻到了咖啡的香味,我就一心想找到这个传出香味的地方。"

"再喝点吧。"加内特说。

"不了,谢谢。"男孩说,"我该走了。我想搭上一辆卡车。谢谢你们给我吃的。"他站了起来。

"等一下。"加内特的爸爸说,"我想,你最好先跟我们多说说你的情况。说不定我们能帮助你。"男孩的脸上似乎掠过了一丝阴影。他显然不愿意谈论自己,但他又坐了下来。

"你叫什么名字?"费伯蒂先生问。

"埃里克·斯旺斯特伦。"男孩回答完又沉默了。

"你的家人呢?"费伯蒂先生追问道。

"没有了。"埃里克说,"就算有,我也不知道他们在哪儿。"他抬起头来。"我就一个人,自由自在,过得很好。我不想让别人觉得必须关照我,我也不想去孤儿院。我已经照顾自己一年了,凭什么就不能照顾自己一辈子呢?我喜欢这样。"

"没错,没错。"费伯蒂先生说,"但是我们有权从一个不认识的男孩那里打听一些情况——那个男孩半夜三更从树林里钻出来,吃光了我们的苹果派!"

埃里克叹了口气,勉强开始说话。

"我们一家人来自瑞典。"他说,"我妈妈在我一岁的时候就去世了,从那以后是我爸爸照顾我。他在明尼苏达州买了个小农场。那里可漂亮了,我现在还记得有高大的树木什么的,还有一条小溪可以玩水。我们有三头母牛和两只山羊,日子过得很好,后来有一天,我爸爸摔倒在一把干草叉上,把手弄伤了。之后他就得了败血症,病得很重,连走路到镇上去看医生的力气都没有。当时我只是一个四岁的孩子,我也没法儿去找医生。我们没有电话。最后爸爸叫我去了离家最近的农舍,那里的人请来了医

生。可是已经太迟了,我爸爸丢了一条胳膊。从那以后,他就再也不能干农活儿了。我们卖掉了农场,搬到了纽约,他以为那里会给一个残疾人更多机会。他盘下了一个报亭。那个小棚屋像个箱子一样,有一面是敞开的,立着一个架子,上面放着报纸、一盒盒巧克力和口香糖,还有其他东西。我们也卖杂志。我爸爸一直想盘下一个更大的地方,夏天卖卖姜汁汽水和可口可乐。我长大一点儿后,给他当了帮手。报亭里小得只能容下我们两个人,还有一个我爸爸坐的凳子。冬天会有一个小油炉子,不过里面还是特别冷。我们的报亭靠近一个地铁站入口,晚上人们下班回家时,我就站在报亭前,扯开嗓门儿大喊:'晚报!快来买晚报吧!'一天晚上,一个穿大衣的大块头男人停下来,问我多大了。我对他说我七岁,他说我必须去上学。从那以后,我就每天去公立学校上学。但是在星期六和整个夏天,我都会去帮我爸爸。星期天的下午,我们会关掉报亭,去公园或动物园,或者去坐渡船。我们玩得很开心。可是一年前,我爸爸生病去世了。"

杰伊和费伯蒂先生站起身,给窑炉里添木头,但是男孩似乎不想打住话头,他继续对加内特和她爸爸说个不停。他很瘦,瘦得皮包骨,两只耳朵支棱着,火光从后面透过来,耳朵看起来像两片粉红色的贝壳。

"我们住的那间公寓的房东太太对我很好。她告诉我,我可以在那里住一段时间。我知道我爸爸有个表哥叫尼尔森,住在俄勒冈州,他曾经跟我们一起住在明尼苏达州,我爸爸一直很喜欢他。我想,也许我可以去和他住在一起,在他的农场里干活儿,我就给他写了一封信。房东太太叫我等回信,但是报亭已经卖掉了,我只想尽快离开纽约。卖报亭的钱大部分都用来付账单了,没剩下多少,是房东太太给了我买长途汽车票的钱。

"不过我没怎么坐长途汽车。我把钱存起来买吃的,然后搭便车。晚上我睡在干草堆和旧谷仓里。有一次下雨,我就在路边的一个空排水管里过了一夜。我花了三个星期才到俄勒冈州,当我来到我表叔住的地方时,邮局的人告诉我,他两个月前就卖掉农场,搬到别处去了,他们也不知道他去了哪里。没人知道。所有认识他的人我都问遍了。"

加内特坐在一旁,把下巴搁在膝盖上,看着埃里克,仔细地听他说话。她试着想象自己睡在排水管里,雨水啪啪地打在排水

管上,湿气从两头灌进来。她想,像他这样一个人孤零零地生活在这个世界上,是一种什么感觉呢?没有爸爸妈妈,没有兄弟姐妹,没有房子住,没有床,大多数时候都没有吃的,害怕的时候得不到安慰,淘气的时候也不会挨骂。真是太难想象了。

"之后你又做了什么呢?"她问道。

"嗯,那是夏天。"埃里克说,"那儿有个人雇我给一家罐头工厂摘西红柿。天气暖和的时候,我总能在大农场里找到采摘的活儿。我挣的钱足够吃喝,还给自己买了鞋子和工作服。有了一些余钱的时候,我就又开始搭便车,直到把钱用完,然后再找一份工作。如果有人对我问东问西,我就对他们说我要回纽约自己的家。这句话有一半是真的。我觉得如果我一边打工一边返回东部,日子会好过些,万一以后遇到麻烦,还可以回去找房东太太,她会帮助我的。但不到万不得已我不想那么做。通常,当他们还在问东问西的时候,我就在想办法逃走了。我不想别人干涉我,现在也不想。"他皱起了眉头。

"放松点,孩子。"重新坐下来的费伯蒂先生说,"谁也不会干涉你的。他们自己的麻烦就够多的了。"

"好吧。"埃里克带着歉意说,"嗯,反正,世界上的东西我差不多都采摘遍了:盛夏,在俄勒冈州摘西红柿、浆果和西瓜,在犹他州和科罗拉多州的农场里挖甜菜;夏末,到处都是种着苹果树、梨树和桃树的果园;秋天,我在堪萨斯州和密苏里州剥玉米皮。给有些人打工挺舒心的。但有些人就坏得很,几乎不给我们什么工钱,连水都舍不得给我们喝。我遇到过各种各样的大人,各种各样的小孩儿,他们有的像我一样自己谋生。我跟别人打过架,也交过朋友,我有过几段快乐的时光,也有过糟糕的日子。我没有饿死,虽然有的时候,比如说今晚,我差一点儿就饿死了。

"冬天就更难熬了。我大部分时间待在城镇里,在餐车和餐厅里打工洗盘子。如果打碎一个盘子,必须要赔钱,所以过了一段时间,我就干得非常麻利了,但是我这辈子再也不想看到煎鸡蛋了。有一次我给路政队打工,拖一桶一桶的沙子和水。还有一次在一家汽车修理厂打零工,我在那里学会了开车,所以我对车很了解。

"在堪萨斯城,我买了一个擦鞋盒,给别人擦皮鞋,擦一双挣一毛钱,可是那里的一个警察问了我很多问题,把我吓坏了。有

一些像我一样四处流浪的孩子告诉我,只要你够机灵,就可以搭货运列车去很远的地方,于是我买了一些巧克力和几个橘子,又把擦鞋盒卖了,晚上去了火车站。侧轨上停着一辆货运火车,一节车厢的门开着。我爬了进去,躲在一个板条箱后面。过了很长很长时间,我猜肯定有两个小时吧,有人把门关上,火车开动了。我不知道自己在车上待了多久,因为那里漆黑一片,我一直在睡觉。吃的东西倒是很多,但我渴得要命。

"直到有一天晚上,我醒过来,不明白四下里为什么这么安静。后来我才知道火车已经停了。门又开了,月光洒了进来。我想这是我下车的机会,我觉得那儿应该是在东部的什么地方。我慢慢地走到门口。外面的站台上有两个男人在说话。他们好像永远不会走开。其中一个对另一个说他的牙齿痛了整整一星期。另一个说他应该把那颗牙拔掉,但第一个人说不行,他宁愿继续疼下去。天啊,我以为他们永远不会离开。但过了一段时间,他们还是走了,我就下了车。我觉得自己像个老人一样浑身发僵。后来我以为自己已经安全,可以四处张望时,第一眼看到的是月光下的大山。你们猜我在哪儿?"埃里克抬起头笑了,"是科罗拉多州。又走了一趟回头路,我真是笨到家了。"

"后来怎么样了呢?"杰伊问道。他的眼睛里闪着兴奋的光。加内特看得出来,杰伊很羡慕这个男孩独立又冒险的生活。不过,加内特佩服的只是他的勇气和进取心。

"从那以后,我就开始倒霉了。"埃里克说着,又皱起了眉头,"我不愿意回忆和谈论它。但我还是熬过来了。我总会熬过来!"

夜很深了。明亮的火光和浓重的阴影,使这地方处于一种奇异的氛围中。此时此刻,似乎任何事都有可能发生。

"听着。"加内特的爸爸突然说,"你看起来像个很懂事的人。也许我可以雇你在我的农场干一段时间。我正在盖一个新谷仓,虽然杰伊是个得力的帮手,但是我想,如果帮我干活儿的有两个男孩而不是只有一个,我的效率会高得多。你愿意试试吗?"

埃里克的脸上顿时多云转晴。"我很愿意。"他回答道,"我会像一头牛一样干活儿,我发誓我会的。"

"我会尽我所能付你工钱,"加内特的爸爸说,"而且你会有地方住,有东西吃。"

"身边有另一个男孩,真好!"杰伊说。

家里就要有三个兄弟了,加内特想。她会喜欢吗?她觉得她会喜欢,但没有十足的把握。不过,一个陌生人突然从树林里走出来,然后就被收留了,还是让人感到很兴奋。

加内特觉得累了,丢下那几个男人和男孩继续聊天儿,自己偷偷地回到那棵樱桃树下的毯子上。漆黑的夜空在她的头顶上无限延展,夜晚的声音渐渐消失了。这是最寂静的时刻,仿佛大地上的一切都警惕地屏住呼吸,等待着新的一天来临。

她醒来时,到处都是露水。太阳的第一缕红光照射在湿漉漉的大地上,使它闪烁着一千道彩虹的颜色。此刻,在白天的光线下,窑火显得暗淡、苍白,不那么气派。杰伊和埃里克在近旁睡得正香,爸爸和费伯蒂先生抓紧时间在树下休息片刻。费伯蒂先生的鼾声深沉而响亮。少校是唯一醒着的,它发现了一股诱人的气味,在草地上匆匆跟了过去,抖动着耳朵,使劲地嗅着。

"少校!"加内特低声叫道。

狗摇摇摆摆地走到她面前,把冰凉的黑鼻子塞到了她手里。它身上都被露水打湿了。

加内特站起身,把刚煮好的咖啡倒进壶里,又沿着狭窄的小路爬到了窑顶。回来的路上,她停下来好奇地低头看着埃里克。她觉得他和他们同住的一段时间会很愉快。他那短短的上嘴唇和挺立的翘鼻子,即使在睡觉的时候,也显得倔强而独立,而且她知道,他合着的眼皮下面藏着的,是一双清澈而若有所思的眼睛。是的,这是一张帅气的脸,但是太瘦了。他全身都太瘦了,锁骨像衣架一样突出来,细细的手腕露在短短的袖子外面。

她的注视惊醒了他。他的眼睛突然睁开,困惑地皱起了眉头。

加内特笑了。"我没有危险。"她解释道,"别一副疑神疑鬼的样子。我是加内特·林登,你要跟我们一起回家,想住多久就住多久。还记得吗?"

"哎呀,有那么一阵我还以为是在做梦呢。"埃里克放心地叹了口气。

费伯蒂先生发出一声惊天动地的鼾声,把自己给吵醒了。他不好意思地爬了起来。

"刚才差点儿睡着了。"他说。

加内特看着埃里克,埃里克也看着她。他们的嘴唇嚅动着,

拼命想把笑声咽下去。只有他们俩知道这个笑话,而笑话的对象是另外一个人,突然之间,他们知道两人已经成了朋友。

七点钟的时候,他们听见两公里外豪泽家的人开着卡车过来了。莫尔和西塞罗提高了粗壮的、五音不全的嗓音开始唱歌,他们似乎很开心。

"他们俩谁也唱不出像样的歌。"费伯蒂先生说。这时,歌声越来越近,越来越刺耳难听。

回家的路上,杰伊和埃里克坐在后座,加内特和爸爸坐在前排。绿油油的田野从车窗两边飞掠而过。在山谷遥远的另一边,浓密的树林中升起一缕白色的烟,那是窑炉仍在燃烧的地方。"多么美妙的一夜啊!我永远都不会忘记。"加内特对自己说。

福特车艰难地爬上斜坡,朝家驶去。它跌跌撞撞地开进大门,颤抖着停了下来。

加内特的妈妈出来迎接满身烟灰的家人。她面色红润,显得神采奕奕,唐纳德站在她身边,衣服仍然很干净,因为他刚起床才十分钟。

加内特的妈妈笑了起来。

"你们看起来像烧木炭的和扫烟囱的。"她叫道,接着她注意到了埃里克,"这是谁呀?"

加内特把埃里克向前一推。他凸起的肩胛骨就像一对翅膀。

"这是我们家的新成员。"加内特说,"他叫埃里克,是在昨天半夜出现的。"

林登太太是三个孩子的母亲,已经没有什么事情能让她感到惊讶了。

"进来吧。"她说,"早餐有烤蛋糕。你吃蛋糕的时候,我就会知道你的底细。"

加内特去洗脸洗手了。

"我有一个好妈妈。"她暗自想道,"我有一个幸福的家。"

她知道自己属于他们,他们也属于她,这让她感到安全和温暖。不,她不羡慕埃里克。一点儿也不。

在水池上方昏暗的镜子里,她看着自己的脸,吃了一惊。她的脸被烟熏得乌黑,她用手指摸过脸颊,留下了几条黑色的道道。

空气中弥漫着烤蛋糕的诱人香味。加内特把水撩起来,泼到

脸上和脖子上,用肥皂使劲地擦洗,又闭着眼睛伸手去拿毛巾。

她迫不及待地想回到家人身边,还有那些美味的烤蛋糕。

第五章
被锁在里面了

时间一天天地过去了,似乎没有什么是埃里克不会做的。他会熟练地使用锤子和锯子,他会挤牛奶,会赶马车、开拖拉机。他对园艺、分割机和挽具了如指掌,还经常能说出第二天是什么天气。他帮助老琼斯凿石灰石板,砌成坚固的墩子,作为谷仓的地基。除了这些之外,他还会拿大顶、翻筋斗、像鱼一样游泳,用七

种不同的方式潜水。他可以谈论遥远的地方、他见过的人、经历过的冒险。他吃得比杰伊还多。他真是太神奇了。

他们都喜欢他,但过了一阵,加内特开始感到有点儿孤独了。杰伊总是愿意跟埃里克在一起,再也不想陪着她了。两个男孩整天在一起干活儿,到了晚上就到河里去游泳,或者到桥上去钓鱼。加内特想跟杰伊一起去的时候,杰伊总是会劝阻她:"你最好别来。埃里克和我要说话呢。"

加内特现在经常和香蕾拉一起玩。埃里克帮她们在牧场一棵大橡树的树枝上盖了一个树屋。他做了一架小梯子,让她们爬上离地面大约两米高的第一根树枝。她们在树的半腰搭了个带栏杆的平台,在那些张开的树枝上摆放了一些木条和枯枝作为屋顶。屋里刚好能够容纳两个女孩。她们经常在这里一待就是几个小时,风吹得树屋微微摇晃,椋鸟在树叶间叽叽喳喳。刚开始,她们玩得可开心了,可是等她们把树屋完全搭好,并且冒着摔断脖子的危险,把一把旧椅子拖了上去,又在那里吃了整整一星期午饭之后,新鲜感就渐渐消失了。

八月初一个灰蒙蒙的下午,她们坐在树屋里,加内特在脑海里寻找一件新鲜事做,她说:"我们讲故事吧。你先讲,香蕾拉,因为这主意是我想到的。"

这种无所事事且乏味的日子,没有什么好玩儿的事情发生,什么都不对劲。在这种日子里,你总是磕疼脚趾,丢三落四,忘记妈妈叫你去店里买什么东西。加内特不停地打着大大的、无聊的哈欠,希望能发生点什么事情:来一场地震,或者一只鬣狗从马戏团逃了出来。什么都行!

"快点吧,香蕾拉,讲个故事。"她命令道,然后躺在地板上,两条腿舒服地靠着树干。

香蕾拉叹了口气,开始讲故事。"嗯,"她说,"从前有一个漂亮的、十六岁的年轻姑娘。她叫梅布尔,非常富有,有满满一地窖的金币。她独自一人住在山顶的一座大砖房里。当然,她还雇了一个女佣和一个工人,但是她没有亲人。"

"她的亲人在哪儿呢?"加内特问。

"死了。"香蕾拉答道,"话说,除了那些金币,她还有成百上千用翡翠、钻石和蓝宝石做的项链和手镯,她每天都穿着白色的缎子衣裙。她有一辆小汽车,只够她一个人坐,坐不下别人。她还

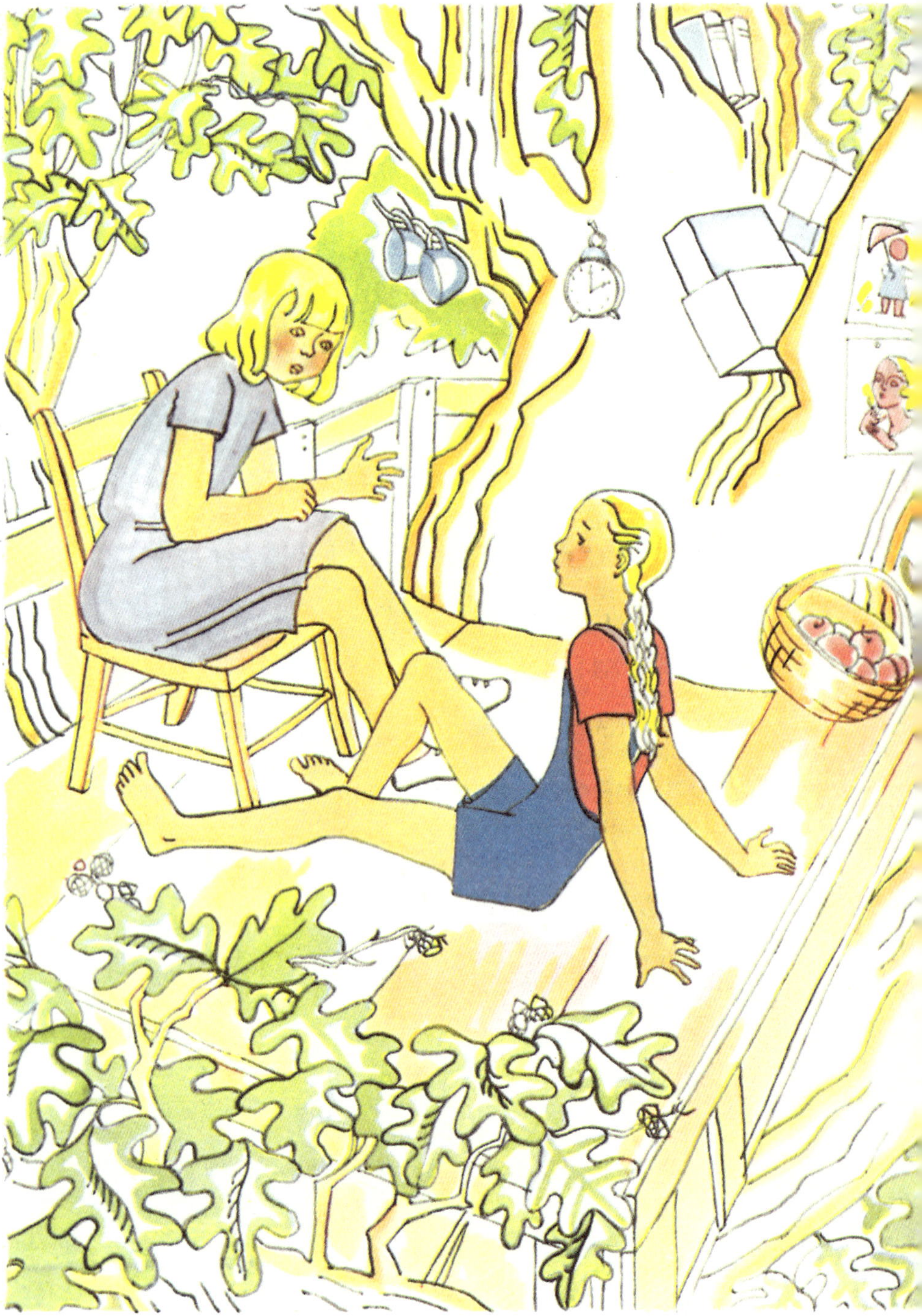

国际大奖小说

银顶针的魔法

——《银顶针的夏天》教学设计

南京市玄武区教师发展中心 黄雅芸

例如：加内特与杰伊。

兄妹俩一起长大、互相关爱，加内特想给杰伊买手风琴。再如：费伯蒂先生与加内特。

费伯蒂先生特别关爱加内特，为她操心，帮助她很多。

3. 读完整本书，再回到书名，体味这个一开始让我们觉得有些奇怪的书名，你们觉得这里的"银顶针"对加内特来说，除了那枚捡到的银顶针，还意味着什么？（希望、爱、幸福、幸运……）愿我们都能成为拥有"银顶针"的人，也成为能送给别人"银顶针"的人。

4. 出示："在每个孩子心中，都有一枚神奇的银顶针，它能化腐朽为神奇，让每一个看似平淡的日子都变成童话。"读读这句话，你是否对"银顶针"又有了新的理解？

三、欣赏与评论：这本书的魅力

1. 读完这本书，如果请你为这本书的魅力指数打星(最高 5 星)，你会给它几颗星？读后有什么想法？请你发表自己的意见吧。

2. 如果有机会向别人推荐这本书，你想向谁推荐这本书，又会如何推荐呢？尝试写一份精彩的推荐词，将这本好书带给适合的人，这也将是一枚美丽的"银顶针"。

建议的人。加内特身边有这样的人吗?我们再来回味一下费伯蒂先生对她说的话,你喜欢这样的大人吗?他的建议你认可吗?

6.作者是怎么塑造加内特这个人物形象的呢?除了通过事件写出她的特点,还设置了与她身份、年龄相仿的同龄人与她相比较。

完成人物比较练习:

人物	加内特	香蕾拉	杰伊	埃里克
相同之处				
不同之处				

二、辩论与深思:银顶针的魔法

1.在小说最后一章,加内特告诉埃里克,她坚信银顶针是有魔法的,是银顶针带来了好运。而她的哥哥杰伊却不以为然。

你站在他们哪一边呢?学生自由站队,召开小型辩论会。(注意:在书上找到依据,为自己的观点提供支撑)

2.通过辩论,我们发现:带来奇迹的,除了这枚也许有魔法的银顶针,恐怕更重要的是亲人、朋友、邻居,甚至是陌生的好心人给予的关爱。

玩爱心接力游戏:类似击鼓传花,接力传递一个"爱心",鼓声停,手中有"爱心"的学生要报出两个人的名字,并且简要说出他们之间的爱心故事。后面讲的不可与前面的重复。讲不出来者为输家,为全班表演一个节目。

第一课时

[导读课]

设计意图：

通过师生交谈、目录初览、首章探读，激发学生的阅读兴趣，使阅读从课堂走向课外。

建议时长：三十分钟

课堂流程：

一、奖项简介

今天老师向大家推荐一本国际大奖小说。八十多年前，这本书荣获"纽伯瑞儿童文学奖金奖"，纽伯瑞儿童文学奖可是世界范围内备受瞩目的文学奖项！直到今天，这本书仍可以称得上世界儿童文学的经典之作。你一定很想知道，这本书到底有什么魅力获此殊荣、流传至今。让我们一起走进这本书吧！

二、书名激疑

1. 先来看看这本书的书名。出示：（   ）的夏天

（1）如果请你完成这个填空，你会填什么？（炎热、漫长、有趣、难忘……）

（2）出示书名：《银顶针的夏天》。看图片，了解什么是银顶针。再

连起来读读书名,说一说书名给你的感觉,或脑海中冒出来的问题、猜测等。看来,这本书的书名成功勾起了你的好奇心。

2.出示目录,说说你的发现。是的,第一章和最后一章的名字都叫"银顶针",看来故事从"银顶针"开始,到"银顶针"结束。这下,我们对"银顶针"的好奇心更强了。

三、首章探读

1.既然大家现在对"银顶针"充满了好奇,那么就翻到第一章,一睹为快吧!

(1)十分钟自读第一章的部分内容(从故事开头读到银顶针出现为止)。

话题交流:银顶针在哪里出现了?

结合相关语句,体会银顶针的出现给小主人公加内特带来的感受,提取关键词"魔法""好运"。

猜测:银顶针出现之后,可能会发生什么事?

(2)五分钟自读第一章剩余内容

话题交流:银顶针出现之后,发生了什么事?(下雨)

2.这场雨对人们意味着什么?联系前后文,对比朗读相关语段,体会人物心情。

3.这章的最后,并没有写加内特对于银顶针的想法。那么,你认为,倾听大雨、身心愉快的她此时会不会想到这是银顶针的魔法带来的?文中有依据吗?

(当雨来了,加内特觉得这场雷雨就像是她送给他们的一件礼物。)

4.你觉得这场雷雨的到来和银顶针有关系吗?继续往下读吧,读

B 清新手账式

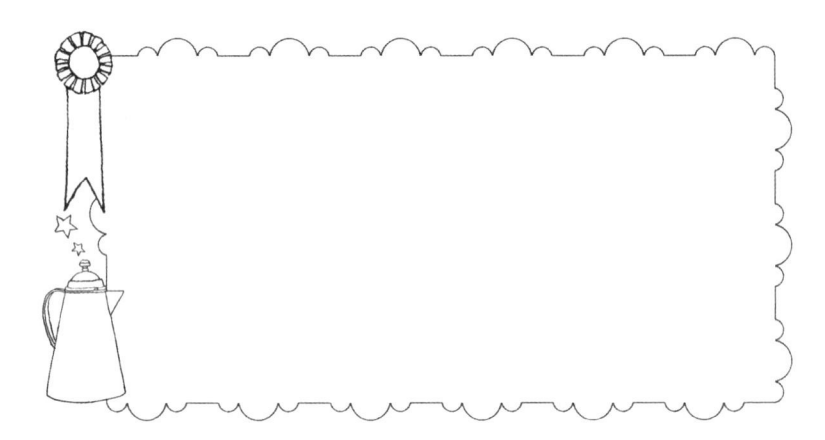

课堂流程：

一、梳理与探究：故事与人物

1. 根据阅读时各小组合作完成的"加内特的夏天"大事记进行全班分享交流。感兴趣的小组也可以通过表演的方式呈现。

2. 为什么说这几件事对加内特来讲是夏日大事？这些事情对她来说，一定特别有意思，甚至有特别重要的意义。小组讨论，全班分享。

3. 通过这一件件事情，我们认识了一个怎样的加内特？在她身上，你有没有想到自己熟悉的人或事？

4. 你怎么看待加内特身上的"顽皮""任性""渴望冒险"？

5. 在许多儿童文学作品中，作者会在主要人物身边安排为他们提

第二课时

[交流课]

设计意图：

在自主阅读或者师生共读完整本书之后，通过有组织的交流、讨论，帮助学生进一步感受本书的魅力，深入思考"银顶针真的有魔法吗"等话题，获得自主阅读所不能实现的思想认识水平、作品鉴赏能力的综合提升。

建议时长：四十分钟

课前阅读活动：

形式自定，鼓励自创，小组合作绘制"加内特的夏天"大事记。参考样式：

A 轻简表格式

章节	时间	事件	加内特的感受
1	很热的一天	捡到银顶针，久旱大雨	就像自己送给父母的礼物
2			

完这本书,我们或许可以再来讨论这个问题。

四、写法关注

1.读了这一章,你有没有发现,作者的语言特别生动、传神。譬如,她这样形容闷热的感觉:"感觉就像被蒙在鼓里一样""天空像一层亮晃晃的皮肤,紧绷在山谷的上空";她写刚出生的小猪崽,"蹄子特别小,看上去就像穿着高跟鞋似的"……难怪有人说,读这本书除了内容有意思,我们还可以向作者学到不少精彩的表达。不妨就从今天开始,阅读故事的时候做个有心人,把特别吸引自己的新鲜、有趣的句段积累下来。

2.现场练习:三分钟时间快速浏览第一章,勾画吸引你的句子,选择两句读读背背。全班交流。

3.游戏"快问快答":作者是怎样写这场大雨的呢?

雨点的声音　　就像有人把硬币丢在屋顶上一样

雷声——像大鼓、礼炮、庆典

雨大的程度——像大海整个翻过来

在大雨声中,加内特仿佛听到深埋地下的树根在咕咚咕咚地喝水。

五、阅读任务

自得到银顶针的这一天起,加内特觉得这个夏天似乎开始变得不同寻常。接下来,还会发生什么故事呢?带着期待去阅读整本书吧!

有一只会说话的狗。"

"继续编吧！"加内特讥讽道,"我从没听说过狗会说话。"

"这只狗就会。它是一只法国贵宾犬,会说法语。"

"法国贵宾犬是什么？"加内特怀疑地问。

"哦,一种来自法国的狗。"香蕾拉含糊地挥了挥手,回答道,"别打断我,不然我说不下去了。嗯,梅布尔还有一个游泳池和一架金色的小钢琴,你猜她还有什么！她的房间里有个冷饮柜,上面有各种各样的水龙头：一个草莓水龙头,一个香草水龙头,还有巧克力、菠萝和枫糖的水龙头。讲到这些,我肚子有点儿饿了。"

"我也饿了。"加内特附和道,"接着说吧,她后来怎么样了？"

"有一天,她开着她的小汽车出去兜风。她开了很久很久,那是一条荒凉的路,两边都是树。天渐渐黑了,她正准备掉头回家,突然看到路边有一个衣衫破烂的可怜的老人。他看上去既伤心又疲惫,胡子上还粘着一些脏东西。梅布尔停下车,说道：'老人家,你怎么了？'老人说：'我走了很远的路,现在饿了。我想吃点

东西。'梅布尔就说:'好吧,坐进我的车里,我带你去我家。'老头儿就上了车。"

"可是你刚才说那辆车只够一个人坐。"加内特反驳道。

"好吧,那老头儿就站在踏板上吧。到了家里,梅布尔把老头儿带到冷饮柜前,给他做了一个枫糖圣代、一个巧克力软糖圣代和一杯草莓冰淇淋苏打水。吃下这些后,老头儿感觉好多了,他说:'看着我,梅布尔。'梅布尔就看着他。突然,他变成了一个英俊的年轻人。'哎呀!'梅布尔惊讶地叫起来。年轻人告诉她,他本来是一个富有的王子,一个巫婆把他变成了老人,还说只能等到有人对他做了件好事,他才能恢复原样。后来,他向梅布尔求婚,梅布尔答应了。他们从此过上了幸福的生活。"

"然后呢?"加内特问。

"没有然后。"香蕾拉说,"他们从此过上了幸福的生活。"

加内特叹了口气。"你老是讲一些大人陷入爱情的故事。我喜欢关于小孩子、野生动物和探险家的故事。"她突然坐了起来,"我知道了。我们到镇上图书馆去看书吧。现在时间还早,而且反正也要下雨了。"

香蕾拉犹豫了一两分钟,说她不愿意为了读一本书走那么远的路。但加内特坚信她们能搭上别人的车,很快就把香蕾拉说服了。

运气真不错。她们一出大门,就看见费伯蒂先生的卡车咣当咣当地朝她们开来。她们挥手大叫,费伯蒂先生停下车,打开车门,让她们坐进去。他正要进城去买饲料。

"如果你同意的话,我们还是去外面吧。"加内特建议道。两个女孩爬到了卡车后面,站起来抓住驾驶座上方的栏杆。

这样坐车才有趣呢,因为费伯蒂先生一上了公路就开得飞快,风刮得很猛,加内特的辫子立在脑袋后面,香蕾拉的刘海儿像篱笆一样竖了起来。她们觉得自己的鼻子好像被风刮倒,贴在了脸上,一开口说话,那些话就随风飞走了。

"我觉得自己像是船头上的什么东西。"加内特喊道,"好像是叫破浪神①吧。"

香蕾拉没有听说过破浪神,但是这件事又很难解释,因为必须扯着嗓子大喊。风呼呼地刮着,费伯蒂先生的卡车发出的声音

---

①破浪神,装饰船头的雕像。

也很吵。而且,如果你把嘴巴张得太大,飞在空中的甲虫就会被刮进你嘴里。

她们看着卡车像卷尺一样吞没了平坦的路面,灰色的布莱斯维尔小镇向她们飞来。它就在那里,跟往常没什么两样:带塔楼和镀金穹顶的法院、加油站、漆成红色的仓库,还有埃尔森太太家的黄房子,衣服在晾衣绳上跳动——那些衣服都特别大,因为埃尔森太太和她丈夫都胖得要命。医生的女儿奥珀尔·克莱德在家门口的人行道上拍皮球,小格茨用一辆小车拉着他的小狗。加内特和香蕾拉坐在卡车上神气十足地经过,朝他们挥手打招呼。费伯蒂先生在农业局门前停了车。卡车嘶哑地咳了一两声,就安静了下来。两个女孩跳下了车。

"你们两个小姑娘怎么回家呢?"费伯蒂先生问。

"哦,我们也许会走回去。"加内特回答。

"或者搭别人的车。"香蕾拉很有信心地补了一句。

她们谢过费伯蒂先生,就沿着大街往前走,经过了铁匠铺、药店和邮局。邮局的窗户上贴着一张布告,上面写着:下个星期天将举办一年一度的大峡谷女士野餐会。欢迎大家参加!看到这张布告,加内特咯咯地笑了起来,她仿佛看到一群穿着裙子、像气球一样的庞然大物在树下吃三明治。①当然,她知道大峡谷女士只不过是住在大峡谷的女人,但念起来还是很滑稽。她们在街上继续往前走,经过了一家堆满草帽和工作服的商店、一家鞋店和一家甜品店,店里的机械钢琴发出的声音就像锅炉厂里的一台手摇风琴的琴音。

最后,她们来到了小镇郊外的图书馆,这是一座旧式建筑,远离道路,坐落在茂密的枫树林中。

加内特喜欢图书馆,这里闻起来有一股老书的香味,藏着那么多她从未读过的故事。图书管理员彭特兰小姐是一个可爱的矮胖女人,坐在对着门的一张大桌子后面。

"下午好,香蕾拉。"她微笑着说,"下午好,鲁比。"

彭特兰小姐总是把加内特错叫成鲁比。布莱斯维尔的很多小女孩的名字都像珠宝,很容易弄混。有鲁比·施瓦茨、鲁比·哈维、鲁比·斯莫利、珀尔·奥里森、珀尔·舍恩贝克、贝丽尔·舒尔

---

①原文中的"hollow"意为峡谷,但这个词还有一个意思是"空心的",所以加内特把那些女士想象成气球。译者注。

茨和小奥珀尔·克莱德。①

加内特和香蕾拉在书架上找来找去,每个人都找到了自己想要的那本书。然后,她们在一个宽敞的靠窗座位上坐了下来,座位两边各有一个装满大部头旧书的箱子,那些书看上去已经五十年没有被人翻开过了。

加内特拿的是《丛林故事》。香蕾拉高兴地舒了口气,开始读一本叫《奥尔加公爵夫人》的精彩故事书。

人们陆续来了又去,图书馆的纱门吱嘎打开,又砰的一声关上。来图书馆的有小孩子和成年人,比如想要针织书的老太太,还有想要探案故事的男孩。有一会儿,雨点噼噼啪啪地打在两个女孩身边的窗户上,但她们几乎没有听见。加内特置身于数千里之外,和白海豹科迪克一起,在广阔的海洋中遨游,为他的人民寻找一个安全的岛屿。而香蕾拉却在一间亮着一百盏枝形吊灯的舞厅里,周围挤满了穿着晚礼服的漂亮女人和绅士。

---

①这些名字的原意都是某种宝石:Ruby(鲁比)是红宝石,Pearl(珀尔)是珍珠,Beryl(贝丽尔)是绿宝石,Opal(奥珀尔)是蛋白石。加内特的名字原文是Garnet,原意是石榴石。译者注。

加内特看完了白海豹的故事,接着又看大象图麦。有一次她抬起头,伸了伸懒腰。"天啊,真安静。"她低声说,"不知道是不是已经很晚了。"

"哦,我们在这里没待多长时间。"香蕾拉不耐烦地说。她已经看到书中最激动人心的部分了,奥尔加公爵夫人被绳子吊着,顺着悬崖往下放。问题是抓绳子的那个男人不喜欢奥尔加公爵夫人,打算随时把她扔下去。香蕾拉认为结局肯定是有惊无险,但她还不敢确定。

加内特重读了一遍猫鼬的故事,奥尔加公爵夫人也在得救后重新回到了舞厅,这时灯光开始暗了下来。

"'阴险'这个词是什么意思?"香蕾拉问,但加内特不知道。

"天啊,这里有点儿安静呢。"香蕾拉接着说,"我去问问彭特兰小姐现在几点了。"说着,她消失在了书架后面。

"加内特!"过了一会儿,她大声叫道,"彭特兰小姐走了!所有人都走了!"

加内特从窗边的座位上跳起来。真的!图书馆里一个人也没有。她们跑到门口,但门被牢牢地锁上了。后门也锁着。沉重的

玻璃窗已经很多年没有打开过了，它卡在窗框里，好像凝固在水泥里似的，根本不可能移动。

"晚安！"香蕾拉呻吟道，"我们被锁在这里了！"她几乎要哭出来了。

加内特却感到开心和兴奋。

"香蕾拉，"她一本正经地说，"这是一次冒险。书里的人经常会遇到这样的事情。我希望我们在这里待一整夜！我们以后可以跟我们的孩子和孙子讲这个故事。"

"哦，天哪。"香蕾拉呜咽着说。她真希望自己没有读过《奥尔加公爵夫人》，太吓人了。她简直一点儿勇气都没有了。她要是选了一本讲寄宿学校女生们的安安静静的好书，现在就不会这么害怕了。突然，她的脑海里蹦出了一个可怕的念头，顿时止住了啼哭。

"加内特！"她叫道，"你知道今天是什么日子吗？星期六！也就是说我们要在这里待到后天。我们会饿死的！"

加内特的兴奋劲儿一下子消失了。在这里待这么久太可怕了。

"我们敲窗户吧。"她提议道,"也许会有人来的。"

她们使劲敲打玻璃窗,声嘶力竭地喊叫。但图书馆离街道有一段距离,而且茂密的枫树挡住了她们的声音。布莱斯维尔的人们正在安静地吃着晚饭,没有听到一点儿动静。

暮色慢慢渗进了房间。书架看上去那么高大、严肃,墙上的那些画也很庄重:拿破仑在厄尔巴岛,以及华盛顿横渡特拉华河的钢质版画。

图书馆里没有电话,也没有电灯。倒是有几盏煤气灯,但是加内特和香蕾拉找不到火柴。她们翻遍了彭特兰小姐的书桌,发现里面全是些没用的东西,比如档案卡、橡皮章、橡皮筋和整齐的小线卷。

香蕾拉扑向一个小格子里的一根巧克力棒。

"反正我们不会马上饿死了。"她的脸上露出高兴的神情,"我们把它吃掉,我想彭特兰小姐不会生气的,你说呢?"

"我们出去以后再买一根还给她。"加内特说。于是,她们把巧克力棒分成两半,站在离街道最近的窗口,闷闷不乐地吃完了。

暮色越来越浓了。

"那是谁?!"加内特突然喊道。她看见一个模糊的身影从通向图书馆的水泥路上慢慢地走过来。那个人看上去像在鞠躬。

香蕾拉开心地拍打窗户。"那是奥珀尔·克莱德,她在拍皮球。"她说,"快喊,加内特!大声喊,砸窗户!"

她们俩又喊又砸,奥珀尔惊恐地朝黑洞洞的窗户看了一眼,随即以最快的速度顺着小路跑掉了,根本没有走近看看这声音是怎么回事。

"你认为她会告诉别人吗?"香蕾拉焦急地问。

"哦,她还以为是在闹鬼呢。"加内特厌恶地说,"即使她告诉别人,人家也不会相信她。"

她们满怀希望地注视着窗外。布莱斯维尔的街灯突然全亮了,只有一道微光透过枫叶照过来。两个女孩听见汽车来来往往,还隐约听到孩子们在后院玩耍的喊叫声。她们砸窗户、大声喊叫,最后嗓子都喊哑了,关节也敲疼了,但始终没有人来。

过了一会儿,她们觉得这么做不管用,就又回到了靠窗的座位上。

现在房间里已是一片漆黑,到处都是黑影,显得陌生而神秘。它仿佛在黄昏的时候醒来了,它在呼吸,在苏醒,在等待。四下里有轻微的嘎吱声和沙沙声,还有老鼠轻快的奔跑声。

"我不喜欢这里。"香蕾拉悄声说,"一点儿也不喜欢,我自己的声音都让我害怕。我不敢大声说话。"

"我也不敢。"加内特低声说,"我觉得所有的书都是活的,都在听着呢。"

"我不明白为什么我们家里人不来找我们。"香蕾拉说。

"因为他们根本不知道我们在哪儿!"加内特回答,"他们甚至不知道我们到镇上来了,我们也没有告诉费伯蒂先生要来图书馆。"

"真希望我从来没学会看书,"香蕾拉哀叹道,"真希望我是一个动物,不需要接受教育。"

"当一只豹子倒蛮好玩儿的。"加内特赞同道,"或者一只袋鼠,一只猴子。"

"哪怕是一头猪也好啊。"香蕾拉说,"一头安全而快乐的小猪,和家人一起睡在猪圈里!"

"一头从没见过图书馆,连'猪'字都不会写的猪。"加内特加了一句,咯咯笑了起来。香蕾拉也咯咯地笑,两人都觉得好受多了。

窗外,夜风穿梭在树林间,一棵枫树用一根细细的手指擦过玻璃窗,但屋里是封闭而安静的,只有一些神秘的小声音——天黑后所有的老房子里都能听到的那些声音。

加内特和香蕾拉挤在一起,压低声音说话。她们听到法庭的钟敲了八下,然后敲了九下,它敲十下的时候,她们都已睡熟了。

临近午夜,她们被一阵惊天动地的撞击声和喊叫声吵醒了。

"谁?怎么回事?我在哪儿?"香蕾拉惊慌地尖叫起来。

加内特的心怦怦直跳,她说:"在图书馆,记得吗?有人在敲门。"

加内特在黑暗中向前跑去,不小心擦疼了小腿,胳膊肘也不知撞在了什么东西上。

"是谁?"她喊道。

"是你吗,加内特?谢天谢地,我们终于找到你了。"这毫无疑问是费伯蒂先生的声音,"香蕾拉和你在一起吗?太好了!你们俩的爸爸都在镇上到处找你们呢。快把门打开！"

"可是我们被锁在里面了,费伯蒂先生。"加内特说,"钥匙在彭特兰小姐那里。"

"我这就去拿。我这就去拿。"费伯蒂先生兴奋地喊道,"你们在这里等着。"

"我们也只能等着了。"香蕾拉没好气儿地说。她刚睡醒时总是脾气很大。过了一会儿,外面人行道上传来急促的脚步声和几个人的说话声,接着是钥匙在锁里转动的美妙声音。彭特兰小姐歪戴着帽子,冲进来拥抱她们。"你们这两个可怜的小东西！"她喊道,"这种事以前从来没发生过。我每次都是确保大家都走了才锁门的。真不明白我怎么把你们给漏掉了！"

"没关系,彭特兰小姐。"加内特说,"这是一次冒险。而且我们把你的巧克力吃掉了！"

加内特的爸爸、费伯蒂先生和豪泽先生也进来了,都在大声地说话。

"你们俩真的没事吗？"豪泽先生焦急地问。这么多年来,他那张和蔼可亲的胖脸第一次显得苍白。

"我们没事,爸爸。"香蕾拉说,"但是我们都饿坏了。"

"我去给家里人打个电话。"费伯蒂先生自告奋勇,"这样他们就不用再担心了。你们最好带两个小姑娘到快餐车吃点东西。时间这么晚了,也只有快餐车还在营业。"

快餐车停在铁轨旁边,加内特和香蕾拉以前从没去过。那里亮着黄色的灯光,弥漫着雪茄味和浓香的食物气味。大半夜还能去那儿吃煎鸡蛋、三明治和苹果派,真是太棒了!她迫不及待要把她们的遭遇告诉大家。

"是的,先生!"费伯蒂先生走进餐车说道,"你可不要上当受

骗！你看到坐在那里的不是两个小女孩,而是两个书虫。她们一看书就停不下来,忘记了回家。你们打算从今往后就一直住在图书馆里了,是不是？"

大家都笑了。

"差不多吧。"加内特小声对香蕾拉说,"我有点儿希望他们明天早上才能找到我们。那样我们就可以告诉我们的孙子孙女——有一次我们在公共图书馆里待了一整夜！"

第六章
旅　行

八月里那些长长的日子忙忙碌碌。新谷仓很快就成形了,肯定会是个不错的谷仓。偶尔,费伯蒂先生会在它面前停下来,摇摇头。

"天哪,这肯定是一个漂亮的谷仓。"他憧憬道,"肯定会很好看。"

温暖的空气中回荡着锯子和榔头的声音。男人们忙着建谷仓,加内特和妈妈则忙着打理家务和菜园。菜园里已经硕果累累了,简直都来不及采摘。刚摘完豆子,就该摘南瓜了,它们黄澄澄的,形状像猎角一样。南瓜收完后,豆子又该摘了。她们必须抓紧时间,把熟得快要爆炸的西红柿从沉甸甸的藤上收下来,准备装进罐里。还有甜菜和胡萝卜需要料理,忙完那些之后,豆子又该摘了。

"豆子从来不知道什么时候该停!"加内特的妈妈气恼地说。

玉米每天都要采摘。走在沙沙作响、清香扑鼻的玉米地里,真令人开心。还有西瓜!硕大的绿色西瓜,加内特用一根手指敲敲熟了没有。偶尔,她会故意扔下一个,西瓜就会一下子裂开来,凉得像冰川,红得像玫瑰。然后她吃着西瓜、吐着黑色的西瓜子,嘴角淌着西瓜汁走回家,感觉舒坦极了。

还要装罐头!哦,把苹果、桃子、西红柿、黄瓜、李子和豆类采摘回来,去皮,做准备,要整整忙活好几个星期。厨房里全天充满了果蔬的清香,蒸汽弥漫。炉子上放满了水壶和大缸,窗台上倒立着一排排颜色鲜艳、摸起来滚烫的瓶瓶罐罐。

忙活到一半时，打谷的时候到了。

几个星期前，林登先生就收割了他的燕麦，加内特帮着杰伊和埃里克把一捆捆黄色的燕麦码成堆：六捆燕麦头朝下放在一起，第七捆像帽子一样压在上面。他们干完了活儿，放眼望去，田地里到处都是燕麦堆，跟山谷里的其他田地一样，看起来真漂亮。现在燕麦晒干了，可以脱粒了。

每年，林登先生都租用一天豪泽家的脱粒机。这意味着豪泽先生、西塞罗和莫尔也跟着机器来帮忙。费伯蒂先生总是随叫随到，贾斯珀·卡迪夫和他的两个儿子也总是从大峡谷过来。有些男人会带着妻子来串门，帮林登太太做做饭，因为干活儿的人吃得很多。食品间里已经有了蛋糕，干净的洗碗布下面藏着五种不同的馅儿饼，还有新烤出来的面包。到了吃午饭的时候，还会有猪肉和豆子、成堆的土豆泥和大量的肉汤。那个大玛瑙咖啡壶会一直在炉子上沸腾着，到了十二点半，每样东西都会被吃个精光！加内特记得以前脱粒时的情景。

大清早，她就听到了拖拉机的嘟嘟声和脱粒机的呼啸声，她从窗口望出去，看见两台机器正笨拙地穿过田野，向新建的谷仓

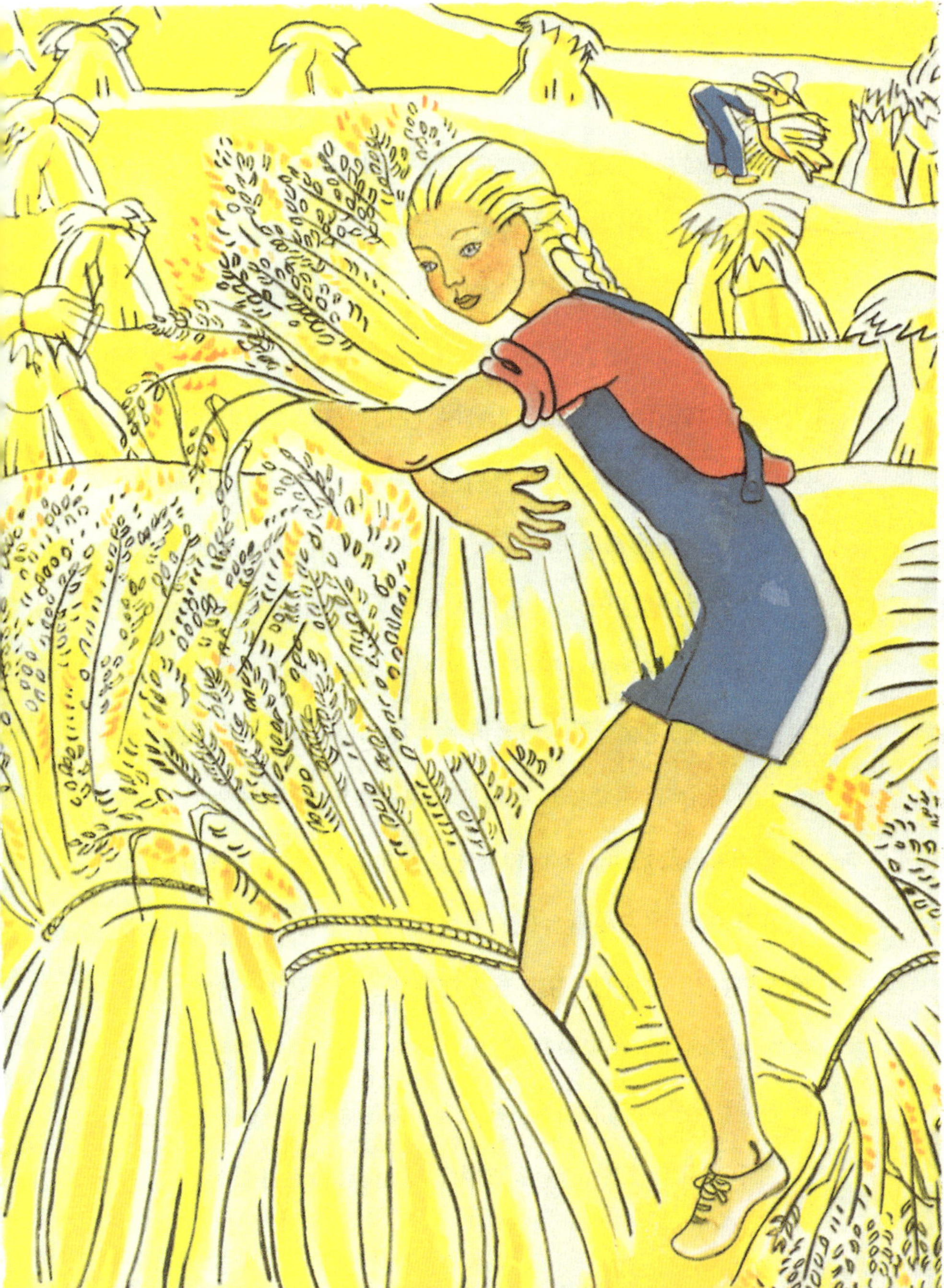

开去。脱粒机有像恐龙一样的长脖子,脖子顶端有流苏状的"胡子",可以防止麦秸秆被吹得太远。那是一台巨大而笨重的机器,上面有方向盘、皮带、管子和螺栓。它看起来太复杂了,怎么可能有效率呢?

加内特做完家务,走到户外时,脱粒机已经干得很欢实了。

豪泽先生像个皇帝一样坐在拖拉机的座位上。拖拉机上有一根快速滑动的长皮带连接着脱粒机。男人们把一捆捆燕麦扔到一个移动的坡道上,坡道把燕麦喂进脱粒机疯狂咬合的嘴巴里。在这个大怪物的肚子里,正在进行某种神秘的工序——把燕麦粒和麦糠、麦秸分开。麦粒呼呼地被扫进一边的一根长管子。管子有两个口,西塞罗轻轻地把麻袋套在口上,很快就装满了,他刚好来得及替换。麦秸和麦糠从看起来像恐龙脖子的管子里飞出来,空气中弥漫着金色的尘埃。男人们干得很卖力,打捆、收拾麦秸、把沉甸甸的一袋袋燕麦拖到新谷仓旁边的小粮仓。费伯蒂先生高高地坐在脱粒机上,用一个方向盘操纵它的长脖子,帮着把麦秸堆得高高的,看起来又结实又匀称。

"我能做什么呢,爸爸?"加内特问爸爸,接着打了个喷嚏。飞舞的麦糠使她感到痒痒的,呛得她透不过气来,有的还钻进了她的眼睛。她觉得浑身发痒,但是很好玩儿,大家在一起风风火火地干活。她也想加入。

"这个——"爸爸考虑着说,"你可以帮西塞罗搬燕麦袋,也可以把掉在地上的麦捆扔上去。你能做的事情多着呢。"

西塞罗教她怎么把粗麻袋套在管子的口上,用金属夹固定,一个袋子装满后,怎么把一根控制杆推到另一个袋子上,燕麦粒就会掉进那个袋子里。必须动作麻利,不然燕麦粒就撒在地上浪费了。发动机的轰鸣声中夹杂着燕麦粒顺着管子平稳而快速地哗哗冲下来的声音,真是太美妙了。

在那里干了将近一小时后,加内特又帮着把麦捆扔到移动的斜坡上。杰伊在她身边干活儿,不停地扔麦捆,汗流浃背,累得直哼哼。他一副煞有介事的样子,加内特跟他说话时,他都懒得回答。

过了一会儿,加内特爬到机器顶上去看费伯蒂先生在做什么。他的眉毛和大胡子上满是麦糠,看上去就像一头混在海藻里的老海象。

"我能吃掉一头大象。"他对加内特说,"一头美味的烤大象,配上洋葱和酱肉汁。事实上,我认为在这个时候,只有大象才能满足我一顿饭的胃口。"

加内特笑了。"可惜我们没有大象。"她说,"我们的肉铺不卖大象。但是我们有五种口味的馅儿饼:苹果味、桃子味、蓝莓味、柠檬味和奶油糖果味!"

费伯蒂先生把眼睛闭上一分钟,叹了口气,好像他快受不了了。

"除了烤大象,馅儿饼是我的最爱。"他说。

在他们前面,亮闪闪的麦秸慢慢地越堆越高,成了一座金丝织成的小山。埃里克在上面走来走去,把它压实,用干草叉把它耙平。他不时会失去平衡,摔倒在柔软的麦秸堆里。每次发生这种事,加内特和费伯蒂先生都毫无顾忌地哈哈大笑起来。

"在这里等一会儿。"费伯蒂先生突然说,"那些小伙子装货的速度不够快。我最好去帮他们一把。你负责这里吧,加内特。我来告诉你怎么用。"他向加内特解释说,左边的方向盘使大管子左右移动,右边的方向盘使大管子上下移动。

"您觉得我能行吗？"加内特紧张地问。

"哦，它乖得像小婴儿一样。"费伯蒂先生说，"如果你愿意，它会从你的手里叼东西吃。偶尔拍拍它的脖子，像我说的那样操纵方向盘，它就会一直卖力地干活儿，直到母牛回家的时候。"

不过，当加内特慢慢地把管子转到她认为合适的位置时，她觉得自己还是挺重要的。她拉动那根能提起长"胡子"的绳子，把麦秸吹回到堆上。麦秸和麦糠形成的金色烟雾弥漫在空气中，她的胳膊和腿上都覆盖了一层亮晶晶的颗粒。

埃里克从管子上爬下来去喝水。发动机轰鸣着，嘎嚓嘎嚓地响，正午的太阳火辣辣地照着。加内特觉得昏昏欲睡。她坐直了身子，把眼睛睁得大大的，试着哼一支歌，可是一点儿用也没有。不一会儿，她的脑袋就耷拉了下去，思绪开始慢慢地、奇怪地变成了梦境。

"当心！"身后传来一个响亮的声音。她抬起头来，一把抓住方向盘，迷惑不解地紧握着不放。难道地震了？她头晕了？只见那座金山自己移动了起来。而且正在朝她移动，高耸在她的前方。突然，它开始慢慢地向她滑来，随后速度越来越快，直到她被

那些刺人的、令人发痒的黄色麦秸完全吞没,差点儿窒息。她才明白,麦秸堆一定是头重脚轻,翻倒了。

埃里克赶来救她,把她刨了出来,掸掉了她衣服上沾着的秸秆。

"我真蠢。"加内特说。她感到难过极了。

"哦,这没什么。"埃里克说,"我应该专心干活儿,而不是去喝水。反正我们一眨眼的工夫就会把它又堆起来了。"

杰伊却皱着眉头向她走来。

"看在老天的分上!"他生气地说,"你刚才真是搞得一团糟!你为什么不留在家里帮妈妈干活儿呢?脱粒可不是拿来胡闹的事!在家里拿着洗碗布才是你的本分!你这是给整个工作拖后腿。"

加内特一转身,开始在炎热的田地里奔跑。麦茬像小长矛一样,刺痛了她赤裸的双脚,蚱蜢像火星一样跳来跳去。她的眼里噙满泪水,面前的草地仿佛变成了一片金色的洪水,波涛汹涌。

"可恨的杰伊!讨厌,讨厌,讨厌!"她低声叫道,"我对他的感觉再也不会跟以前一样了。我恨他。"

哦,杰伊,你这是怎么了,她想。杰伊一直都是她最好的朋友,杰伊认为她在很多事情上跟他是平等的——她也确实跟他不相上下。自从埃里克来了以后,杰伊就变了。想想他刚才是怎样对她说话的吧!好像她是个小婴儿,是个娇气包,或是个他不喜欢的人。

她转身回家,走在横穿花园的那条小路上。也许妈妈会让她的情绪好起来。

厨房里挤满了女人。豪泽太太和她的妹妹挤在一条长凳上;埃伯哈特太太坐在摇椅里,吱吱嘎嘎地摇着;卡迪夫家的两个女人在水池边忙碌着;唐纳德和卡迪夫家的一个小孩儿在她们脚边乱爬乱叫;林登太太一边打开烤箱门,一边被什么人的话逗得哈哈大笑。空气中充斥着女人的说话声和小孩子的喊叫声。显然,这个时候打扰妈妈是不合适的。加内特悄无声息地爬上楼梯,走进她的小房间。楼上会很热,但至少很安静,不会有人来烦她。她推开半掩的门,突然怔住了。

在她的床上,躺着豪泽家最小的孩子——胖胖的勒罗伊,他自得其乐,嘴里正念念有词。他脸蛋红扑扑的,带着酒窝,有一头

黄色的头发。加内特以前很喜欢他，可是现在，她冷冷地看着他挥动着小胳膊小腿，傻笑着露出两颗牙齿。

"好吧！"加内特厉声对那个婴儿说，"我自己的家里也没有我待的地方，他们也不要我去脱粒，那我干脆离开好了。我一个人离开这里！"

她洗了洗脸，梳了梳头发，穿上一件蓝裙子和一双搭袢的鞋子。整个夏天她的脚趾都露在外面，现在感觉鞋子又硬又不舒服，而且浆过的衣领磨痛了她的脖子。她本来就讨厌穿裙子，此刻扣着那些难扣的小纽扣，她抽抽噎噎地打起了嗝儿。从来没有人让她这么不开心过，她心里想。哼，也许他们以后都会后悔的！

在奶奶送给她的圣诞礼物——那个亮晶晶的皮夹子里，有五毛钱和一条新手帕，还有几个星期前她捡到的那枚银顶针和从廉价商店买来的一瓶香水。她把皮夹的带子紧紧地绕在手腕上，犹豫着要不要戴上帽子。她把帽子从壁橱里拿出来看了看。那是一顶用稻草编成的黄帽子，顶上支棱着。加内特认为，这可能是童话里的小动物戴着去赶集的那种帽子。她戴上帽子，望着镜子里自己的红鼻子和软帽檐下那两条可怜巴巴的长辫子，气得把帽子摘下来,扔在了地上。勒罗伊赞赏地喷出一个大鼻涕泡儿。

"哦,你!"加内特抱怨道,"你为什么不待在自己家里的小床上呢!"

她穿着不舒服的鞋子,吱嘎吱嘎地走下楼梯,从厨房里溜了出去。

"你去哪儿,加内特?"妈妈喊道,声音盖过了女人们喊喊喳喳的闲聊声,"午饭差不多准备好了。"

"哦,出去走走。"加内特含糊地回答,"反正我也不饿。家里人太多了。"她关上身后的纱门。她才不管自己是不是没礼貌呢。谁都不会想到,她胸膛里正燃烧着一股愤怒和绝望的火苗。

她跑了起来,鞋子滑溜溜的,让她脚底下直打滑。她不希望有人阻止她,接着,她看见费伯蒂先生在田里慢慢地走。

"嘿!"费伯蒂先生喊道。但加内特假装没听见,跑得更快了。

走到公路上时,她心里的愤怒开始转变成兴奋。她还没有计划好去哪里,但是埃里克搭便车的故事令她记忆犹新。"不管怎样我都要试一试。"她想,于是就在路边停下了脚步。不是只有他一个人能独自旅行和做事!

第一辆经过的车里坐满了人。当第二辆车开过来时,她举起了手。车减速了,她惊恐地发现车里的人她认识:彭特兰小姐和她的老母亲,还有两位来自大峡谷的笑眯眯的女士。

"是小鲁比·林登。"加内特听到彭特兰小姐对她耳背的母亲喊道。"鲁比,早上好!你是想搭车去布莱斯维尔吗?"

加内特想要的就是这个。她正在闹脾气,她的感情受到了伤害,她想远离所有她认识的人和物。可是,坐在一辆密闭的小车里,对四位漂亮的女士保持礼貌,又能有什么奇遇呢?

"啊,不——不,谢谢您。"加内特结结巴巴地说,"我只是随便挥了挥手,没什么。"

"好吧,亲爱的。"彭特兰小姐说,"天很热,不是吗?"

确实很热。明晃晃的道路上热气蒸腾。加内特焦急地看着路面。

一辆胖胖的小跑车拐过弯来了,她又举起了手。但这次车子呼啸而过,甚至都没有减速。她觉得自己被拒绝了。

又有两辆轿车和一辆卡车急速开了过去,最后,总算有一辆黑色的旧轿车摇摇晃晃停在了她身边。"想搭车吗？"开车的男人问。坐在一旁的他的妻子露出了鼓励的微笑，笑容灿烂。加内特看到她镶着一颗金牙。

"是的，谢谢。"加内特感激地说，觉得就像一个探险家踏上了危险的旅程。

"小姑娘，你打算走多远？"女人问。

一时间，加内特着急地考虑该对她说什么。最后她决定了。

"新康尼斯顿。"她坚定地回答。新康尼斯顿在三十公里之外。加内特从没见过大城市，在她想来，新康尼斯顿就像巴格达或伊斯坦布尔一样大、一样迷人。它是一个建在陡峭山坡上的镇子。那里有有轨电车、百货商店和三家不同的廉价商店，还有一家电影院和一个小公园。公园里有喷泉，还有几门内战时期的大炮。她只去过三四次，而且都不是自己一个人去的。

"新康尼斯顿！"那位女士说，"好吧，我们不去那么远，我们只去霍奇维尔。不过你也许能从那里搭上公共汽车。"

加内特一个人坐在后座中间，看着他们的脖颈儿。男人的脖子被晒成了褐色，精瘦精瘦的，上面满是纵横交错的皱纹，看上

去像树皮一样干巴巴的,那是一位普通农民的脖子。但是那个女人的脖子很胖,看着很舒服,她戴着一条珠子项链,后面有个莱茵石扣子。她的帽子跟别人的没什么两样。

女人把红润的圆脸转向加内特,好奇地盯着她看。

"在我看来,你这个年龄搭便车还太小了。"她说,"如果我是你妈妈,我恐怕不会很赞成。"

加内特的脚趾在鞋里不安地扭动着。她不知道该说什么。

"嗯,现在的小孩子真是有胆量。"男人说,"我想,过去一直是这样,将来也会是这样。哎呀,我还记得我小的时候,有一次走了二十多公里去看马戏。我就那样一走了之,丢下了我的家务活儿,撇下了需要挤奶的奶牛和需要喂食的猪。我什么也没有对我的家人说,因为我很清楚他们会怎么想。我到现在还记得马戏团的帐篷是什么样子的,里面灯光明亮,像一个生日蛋糕。我的钱只够买门票的,没能剩下一分钱买汽水或花生。我没吃晚饭就去了,肚子空空的,像个拾荒者的口袋。但我不在乎。我从头到尾看完了那场马戏,大象、穿紧身衣的女骑手,以及其他的一切。我回到家时,天都快亮了,爸爸还在等我。他打了我一顿,那是我活该。但我总觉得还是挺值得的。"

加内特也认为很值得,但她没有说出来。

"根本就不值得!"女人气愤地嚷道,"你妈妈肯定都快急疯了!"

加内特决定换一个话题。她相信,如果女人知道了她的所作所为,肯定不会赞成的。

"你们——你们住在霍奇维尔吗?"她问。

"不是。"女人说,"我们住在深潭镇,但我们经常去霍奇维尔。"

"她是个歌手。"男人解释道,一边把头歪向他的妻子,"她会是你听过的最好的女低音之一。当她放声歌唱时,连炉灶都在颤抖。她在节日庆典上唱歌,在全县的各种集会上唱歌。除此之外,她还洗衣,持家,做漂亮的刺绣。她在去年的展销会上赢得了两条丝带,真的。"

加内特看得出来,他很为妻子感到骄傲。她看到女人面颊的弧线更圆了,因为她高兴得笑容满面。

"哦,我多希望能听您唱一次啊。"加内特说,"我还从来没听

过女低音呢！"

"来吧，为这个小姑娘唱首歌，艾拉。"男人催促道，"放开嗓子唱吧。路上没有人。"

"好吧，让我想想。"女人说着，拍了拍她的珠子项链，清了清嗓子。

加内特叫道："就唱《岁月的磐石》，拜托了。"

突然，女人开始唱歌了。加内特紧紧抓住座椅的边缘。"岁月的磐石，为我而开裂。"女人唱着。加内特知道"炉灶在颤抖"是什么意思了。她从来没有听过这么有震撼力的声音。它充满了整辆轿车，她觉得头晕眼花，耳朵嗡嗡作响。这声音还汹涌而嘹亮地飘出车外，融入夏日的空气中。加内特看见三个头发蓬乱的小孩儿靠在栅栏上，惊奇得张大了嘴巴和眼睛。她看到一个农夫放下干草叉，盯着他们的背影。她看见牧场上的几头奶牛紧张而困惑地抬起头。她觉得再过一分钟，那高亢的声音就会把她吹出车窗外。

歌唱完了，女人期待地转过头来。

"嗯，怎么样？"丈夫问。

"哦,太棒了。"加内特小声说,"我这辈子从来没听过这么——这么大的声音!"

"没错。"男人表示同意,"我敢打赌,如果把她声音中的能量收集起来,准能产生足以照亮整个新康尼斯顿的电力。"

霍奇维尔的第一批房屋出现在视野里。女人整了整帽子,看着加内特。

"你会一路平安的,是吧,亲爱的?"她问道,"如果我是你,就从这里乘公共汽车。你永远不知道搭便车的时候会遇到什么人。你的钱够吗?"

"哦,够的,我有很多钱。"加内特回答,想到了她还没有花掉的那漂亮的五毛钱。哎呀,有那么多钱,可以做一百件不同的事情呢。坐公共汽车,吃冰淇淋吃到肚子胀,在廉价商店买东西,说不定还能去看场电影呢!也许新康尼斯顿的梦境剧院正在放一部西片。但愿是一部有很多野马的西部片。

男人把车停在公路上的公共汽车站旁边。

"时间正合适,小姑娘。"他说,"汽车几分钟后就从这里开出去。"

"千万别迷路。"女人说。

"到时候你会去新康尼斯顿的展销会吗?"男人问,"如果去的话,你可以到刺绣区看看,获奖最多的被子肯定是她的。也许我们会在那儿见到你。我们姓赞格尔。"

"赞格尔先生和夫人。"女人加了一句。

"希望能再见到你们。"加内特说,"谢谢你们让我搭车,为我唱歌。"

他们都是好人。她目送着他们远去,一时间感到有点儿难过。但过了一分钟,她就把他们忘到了脑后,上了公共汽车。

第七章
拾荒者的口袋

这是一辆旧公共汽车,但看上去仍然气派十足。司机的帽子上插着一朵玫瑰花,一只耳朵后面别着一支铅笔。他似乎比公共汽车年轻一些。

车里只有两个人:一个女人在用报纸给自己扇风,一个男人正张着嘴睡觉。

加内特在一张光滑的大座椅上坐下来,座椅上蒙着人造革的座套。人造革散发出浓郁而刺鼻的味道,除此之外还有汽油、灰尘和乘客衣服的气味。

随着一声巨响,汽车出发了。加内特很骄傲,觉得自己表现得很老到,就像在欧洲旅行一样。她抚平衣服,把两条辫子分别搭在肩膀上,然后向窗外望去。

她看着窗外掠过的农场、玉米地、树林和小山,看了很长时间。狗躺在树荫下,猫睡在门前的台阶上,明媚的阳光照着它们的毛。

汽车在下一个小镇——梅洛迪停了下来,男人和女人下了车。男人揉着脸,还在打呵欠。女人热得一边叹气,一边摇头。没有人上车。司机扭过头看着加内特。

"喜欢开快车吗?"他问,"这辆老爷车还有些速度。我跟你说,它现在全归你一个人了,你可以假装自己是个用高档货的女孩。我来让你见识见识什么叫开车。怎么样?"

"哦,我太喜欢了!"加内特叫道,他们就上路了。

汽车开得像着了火一样,上坡,下坡,急转弯。路边的电线杆

像高高的长颈鹿一样匆匆掠过,鸟纷纷从篱笆上飞出来,母鸡仓惶地跑开,风呼呼地刮过。

加内特从滑溜溜的座椅上的一边颠到另一边,拼命忍住不发出尖叫。这比展销会上的过山车还过瘾!

很快,他们就看到了新康尼斯顿所在的那座高山。在加内特看来,它就像巴格达和伊斯坦布尔一样光彩照人。她摇了摇钱夹,里面还有四毛钱叮叮地响着,给人无限希望。

汽车经过镇上的几座破房子,然后是几座较大的房子,接着是商店,最后他们停了下来。

"谢谢您开得这么快。"加内特对司机说。

"好吧,小姐。"他一边扶她下车,一边说道,"我告诉你,这是我的荣幸。"

"我先做什么呢?"加内特想,"首先,我要在街上来回走一趟,听听各种声音。"

声音很多。电车在铁轨上叮当作响,汽车鸣笛,成百上千的人在没完没了地说话,他们的脚步声有轻有重,响个不停。加内特喜欢听城市的声音,听各种事情在发生的声音。

每次她走到一家商店,都会停下来看看橱窗,里面琳琅满目,都是在布莱斯维尔从未见过的。一个大橱窗里摆满了厨房用具:一个淡绿色的火炉,一个绿色的陶瓷水池,珐琅的锅碗瓢盆也都是淡绿色的。谁听说过这样的事?!有一个橱窗里摆满了晚礼服,还有一个橱窗里只有皮毛大衣。想象一下吧,现在,八月,皮毛大衣!

加内特从每一个橱窗给家人挑选了一件礼物。给妈妈的是绿色水池、一件棕色皮毛大衣,和一件仿佛挂满冰柱的晚礼服。农商局的大橱窗里有一台切肉机,爸爸肯定会喜欢。在一家玩具店里,她看到了一辆消防车,大小正好适合唐纳德坐进去。

可是杰伊呢?杰伊——她真的考虑送他礼物吗?可是她讨厌他呀,不是吗?她走了这么远的路,不就是因为讨厌他吗?哦,不!奇怪,不管加内特怎么使劲回忆,现在都记不起生杰伊的气是什么感觉了。就在这时,她经过一家音乐商店,看见橱窗里有一架红色和银色相间的手风琴,闪闪发亮。在世界上所有的东西中,杰伊最想要的就是一架手风琴了。加内特站在那里看了很久。她感到既高兴又自豪,好像真的已经把手风琴送给了杰伊似

的。

"杰伊和他的破麦秸堆!"她嘟囔道,低下头,忍不住笑了起来,"我的天,他生气了! 他竟然生气了!"

她突然想到麦秸堆倒下来,把她埋在里面的情景。不知怎的,那似乎比世界上的任何事情都好玩儿。她一边走,一边把下巴缩进衣领里,尽量不笑出声来,但是她忍不住。笑声越来越大,越来越响,最后她笑得浑身发抖,连气都喘不匀了。街上的人望着她,露出了微笑。一个警察说:"我真想知道这个笑话,小姑娘。"过了一会儿,笑声终于消失了,她环顾四周,好好地喘了一口气。

她选好了家里每个人最需要的东西,然后走进她看到的第一家廉价商店,去购买她买得起的礼物。

加内特喜欢逛廉价商店,而这一家似乎格外热闹。到处都是人,他们拖着脚步,走走停停,吃着纸袋子里的糖果。空气闷热而黏稠,弥漫着香水、炸洋葱、巧克力和灭蝇剂的味道。玩具柜台的上方,有许多插在杆子上的气球,红色和粉色的装饰皱纹纸被缠绕在柱子上,从这面墙一直钉到那面墙。婴儿在哭,妈妈在喊,收银机轻快地叮叮响,在这片嘈杂声中,笼子里有金丝雀在唱歌,仿佛这是一座属于它们的人间森林。

在二十七号柜台,一个女人一边往脸上抹面霜,一边用一种老唱片似的嗓音大声说话。她前面围着一小群人,大部分是女人,她们松松垮垮地拿着包裹,盯着她看。

"这种面霜,"那位女士高门大嗓地说,"是用小海龟的油做的。晚上睡觉前抹一点儿,用力拍打。"说着,女人打了自己一个耳光,作为示范。"经常使用,就能保证去除细纹、皱纹、双下巴和雀斑,最娇嫩的皮肤都适用。"她的目光落在了加内特身上,"是啊,即使是站在那里的小女孩,使用这种面霜也大有益处。她长大后就不会生雀斑了!"所有的女人都转过头来,看着加内特,脸上露出成年人才有的微笑。

加内特感到很不好意思。她慢慢地离开了"面霜人群",嘴里轻轻地吹着口哨儿。雀斑,看在老天的分上!谁在乎雀斑呀?

她花了很长时间为家里人买礼物,因为必须仔细挑选和比较。最后,总算把大部分都搞定了。首先,是给杰伊的一本关于西部牛仔的书,然后是给唐纳德的一架小飞机。一条大手帕是给爸

爸的,她为妈妈寻觅到一枚戒指,上面镶着红色的玻璃宝石,比之前见过的任何红宝石都要大、都要漂亮。现在只剩下埃里克了。她到底能送他什么呢?

当她拿着看上去鼓鼓囊囊的一包礼物,慢慢地走在过道里时,发现她的胃里有一种悲伤的感觉。

"我肚子空了。"加内特惊讶地想,"空得像拾荒者的口袋。"她想起了赞格尔先生。

毕竟已经是下午两三点钟了,她还没有吃午饭。她在一个玻璃柜前停下来,里面的架子上烤着十几根香肠。真香啊。特别特别好闻。

"请给我一根。"加内特说着,把五分钱递给那个卖香肠的女人。女人一头金发,指甲涂成了草莓色。

香肠塞在面包卷里,还抹了芥末酱。真是好上加好。加内特想,没有什么比廉价商店的热狗更好吃的了。"吃完这根,我再吃一根。然后我要吃一种冰淇淋。之后再看情况。"

可是,就在她张开嘴,要买第二个热狗的时候,一个可怕的想法突然出现在她的脑海里。

她摇了摇钱夹。里面静悄悄的,没有叮叮声。她咽了口唾沫,打开了搭扣。里面有香水,没错,还有那条新手帕和那枚珍贵的顶针。她把它们都拿出来,盯着黑洞洞的钱夹里面。然后她把钱夹倒过来,但是什么也没有。钱夹空了。

"就像一个拾荒者的口袋。"这是十分钟里加内特第二次说这句话。

"怎么了,亲爱的?"卖香肠的女人和蔼地问,"清空了?"

"清空了。"加内特跟着说道,"而且我离家将近三十公里。"

卖香肠的女人的细眉毛很滑稽,她惊讶的表情看起来更滑稽。她探过身想说话,就在这时,一个被小孩子团团围住的大块头女人气喘吁吁地走到柜台前。"七个,"她吩咐道,"七个热狗。两个加芥末,五个加德国泡菜。我们在赶时间。"

加内特看到那个卖香肠的女人把她忘到了脑后,就迈步走出了商店。

"哦,天哪,在这样的大城市里,人们不会随随便便迷路和饿死的。"加内特对自己说,"反正我可以搭便车。这有点儿令人兴奋。我真希望杰伊也在。"

不过感觉很别扭。她在街上继续往前走。鞋子磨脚,她不光是脚疼,而且拿着那包礼物和空空的钱夹,感觉自己就像一个年迈的老太太,刚去看望了那些不爱她的孙子孙女后回来。

小公园的门开着,加内特走了进去。这里不错,树木投下尘土飞扬的影子,喷泉发出柠檬水般的声音。几十个人坐在长凳上,她只找到一处很小的地方,挤在一个拿报纸的大块头男人和一个带狗的小个子男人之间。报纸是用外语写的。加内特刚想去拍那条狗,它就抬起头,一副嘲笑的样子。所以,脚疼缓解后,她就赶紧走开了。

"哎呀,太吵了,"加内特对自己说,"我受够了。那些有轨电车!它们也没什么了不起。"

话虽这么说,但如果她有五分钱,还是会坐上一辆的。一种想家的感觉如潮水般涌上心头。家里都是自然的声音,比如蟋蟀、母牛、早上公鸡啼鸣的声音。她顺着下坡的街道走啊走,又一次经过那些满是珍宝的橱窗。她像念诗似的,一遍又一遍地对自己说:"一毛钱买书,五分钱买飞机,一毛钱给爸爸买手帕,一毛钱给妈妈买红宝石戒指。"

当然,她还得加上一句:"五分钱给我自己买热狗!"

什么也没有给埃里克买。哦,她为自己感到羞愧。她已经这么大了,应该懂点事的,可是,那五毛钱看起来是好大一笔财富啊。她以前从没有这么多的钱供自己花。杰伊会多么鄙视她啊!现在,除了想办法搭个便车回家,没有别的可做了。

不知怎么的,在乡间路上搭车,似乎比在这样的镇中心容易一些。她走啊走。下午的光线渐渐变暗,很快就到吃晚饭的时间了。感觉家就像埃及那么远。

走着走着,路边的房屋越来越小,越来越破旧,越来越稀疏,现在她可以闻到田野的芳香了。想想吧! 刚才几个小时里,她竟然忘记了它们的气味,忘记了它们是多么安静,只有蟋蟀的叫声。

每次有车经过,她都会转身举起一只手,但车子总是漠然地从她身边呼啸而过。

搭袢鞋越来越挤脚了,她正要脱下鞋子光脚走,突然听到又有一辆车开过来。她直起身子,举起了手。她看清那是一辆卡车,载着一大堆东西。

卡车放慢速度,停了下来,司机看了看加内特。

"想搭车吗,孩子?"他问。

加内特认为他长着一张值得信任的脸,就说:"是啊,想搭车!"然后爬到了他的座位旁。他们周围满是咯咯、咕咕的鸡叫声,她从脑后的小窗往外一看,发现卡车上载着成箱的活鸡。

"你要带它们去哪儿?"她问。

"去汉森的批发市场。"司机说,"每只鸡生下来都是为了给某个人做周日晚餐的。"

"哦。"加内特说。她没有再看那些鸡,但仍然能听到它们的声音。

"你要去哪儿,孩子?"司机问。

"我住在一个叫以扫谷的小地方。"她不安地说,"在布莱斯维尔往这边五公里,你要去那附近吗?"

"当然。"司机安慰她,"它在去汉森的路上,我直接路过那里。"

哦,乡间田野的气息真好闻啊!那些城里人,他们尽可以有电车。是的,他们尽可以有那些绿色火炉、毛皮大衣、热狗和其他一切。

"买东西了？"司机看着她的包裹问道。

"当然买了。"加内特笑着说,"所以我才要搭便车回家,我把所有的钱都花光了！"

然后,她对他说了她买的每一样东西,介绍了家里的每一个人。

车子开过霍奇维尔的主街时,加内特听到了一声巨响,接着看到一个男孩在大喊大叫,指指点点。她把头伸出窗外——在他们后面,满大街都是鸡在乱跑。

"停车！"加内特对司机喊道,"有个箱子掉下去摔坏了。"

"这些该死的鸡。"司机叹了口气,停下了卡车。听他的口气,好像以前也碰到过这种事。"告诉你吧,我宁愿拉一车的野生公大象！"他说。

加内特也跳下车,开始追赶母鸡。后面的汽车按响了喇叭,却始终开不过去。人们从楼上的窗户探头张望,人行道上的行人停住了脚。霍奇维尔的一名警察不知从哪儿冒了出来,提出他的建议。人们笑个不停。

加内特一把抓住一只铁锈色母鸡的脚。她伸手去抓汽车散热器上的另一只。卡车司机的怀里已经抱着三只,像抱着三捆咯咯乱叫、拼命挣扎的鸡毛。

"外面还有多少只?"加内特抓着母鸡,气喘吁吁地问。

"让我看看。我们抓到了五只,肯定还有一只在什么地方。"卡车司机满脸通红。他捡起那个摔破的板条箱,把它放正,接着把那些抗议的鸡扔了进去,又在上面压了一个板条箱,然后跑进五金店借了一把锤子。

加内特看见几根黑色的鸡尾巴毛一溜烟地钻进了一家家具店敞开的门里。她追了过去。她跑得真快啊!那只鸡在摇椅下面乱跑,在桌子和软垫沙发上哗啦啦地扑扇翅膀。加内特的手指有四五次碰到了它的毛,但每次都让它逃走了。最后,她爬到墙角的一张柳条长椅下抓住了它。家具店的老板很不高兴。

"我们这儿不习惯有家禽乱跑。"他抱怨道,同时瞪着加内特,就好像她在故意捣乱似的。

加内特把鸡夹在胳膊底下,请求店老板的原谅,然后又来到外面。

她刚一出门,那只母鸡就猛地一抖,身子一扭,半飞半跑地蹿到街上去了。加内特用手去抓,抬脚去追,但这只坏蛋黑母鸡是他们所有人的对手。它在人行道上狂奔,闪躲,疯狂地咯咯大叫,展开翅膀,最后绝望地一跳,重重地落在一家餐馆门口一块晃动的招牌上。

人们大声地笑个不停,街道上回荡着笑声。黑母鸡摇摇晃晃地蹲在那里,整理着羽毛,嘴里不停地嘟嘟囔囔,看上去别提有多滑稽了。原来,牌子上用红色大字写着:本店特色,鸡肉晚餐。

"现在我该怎么办呢?"加内特说。

卡车司机搬着一把梯子从五金店跑了出来。他刚把梯子靠在墙上,加内特的辫子就飘到了半空中。她相信自己准能抓住那只鸡。

鸡刚站起来,咕咕叫了一声准备离开,加内特就一把抓住了它的腿。

她得意地低头看着卡车司机的脸。她确实非常得意。

"抓住了。"她说,"我的天哪,我从没见过这样的鸡!"

她紧紧地抱着母鸡,小心翼翼地爬下梯子。现在她抓住了这

只鸡,心里又有点儿后悔。你总不能怪一只鸡不想当盘中餐吧。

"哦,天哪。"卡车司机钦佩地说,"你刚才干得真不错,孩子。"周围看热闹的人们都笑着祝贺她。她听见一个老头儿说:"那小姑娘咪溜溜溜爬上梯子,好像后面有怪物在追她。我从没见过身手这么快的。"

司机把这只鸡和其他鸡一起放进板条箱,然后他把箱子的顶部钉牢。加内特注意到,他留了两根板条没有钉上。

他们又回到卡车上,出发了。人们笑容满面地朝他们挥手告别,看得出来,他们都很感谢有这样一件意外的事能让他们乐一乐。

真有意思,加内特想。今天早上,杰伊因为她干活儿不好而责骂她,现在卡车司机却称赞她干活儿麻利。这样一来,好像就扯平了。

司机用一块蓝色大手帕擦了擦热腾腾的脸,加内特掸了掸自己的衣服。她追鸡的时候把身上弄脏了,胳膊上还被啄了几口,但她感觉很好。

"这种事经常发生吗?"她礼貌地问道。

司机笑了。"嗯,并不经常。"他说,"但是有一次,我的二十多只母鸡在芝加哥的环形区跑了出来。天啊,我们让城市的交通堵了半个小时。但鸡一只也没丢。有的鸡是在公共汽车上和理发店里找到的,还有的不知道是在什么地方。"

他朝加内特笑了笑:"不过,它们都是上好的母鸡。我的这些鸡在全州各地拿了好多奖。下个月,我要在新康尼斯顿的展销会上展示它们,看看能得到什么。"

他把手伸进口袋,把一本小书扔到加内特的腿上。小书封面上印着:

活动说明

规定和细则

南西州博览会

威斯康星展销会

新康尼斯顿市

威斯康星州

9月9、10、11、12日

封底更有趣了。上面印着:

精彩看点

伟大的佐兰德

第三幕第三场

最大胆、最不可思议的壮举

在二十二米高空走钢丝

没有安全设备!

珠宝女郎和布鲁诺

第二幕第二场

两女一男以杂技和轻喜剧取悦观众。汉克·哈扎德和他的干草种子乐队的音乐家及舞蹈家,他们的多才多艺令百老汇震惊。此外还有许多精彩的表演和才艺,不胜枚举。

加内特决定,只要有机会,一定要去看看今年的展销会。她打开小书，看了看条目清单。似乎世界上的任何东西都可以拿出来展示，从母牛到十字绣，从猪到甜泡菜！

她瞥了一眼家畜名单，有一则消息引起了她的注意："D类——养猪户"栏目里有一些字。她读道："六个月以下的最佳公猪，一等奖3.5元，二等奖1.5元。"

毕竟，到了九月九日，蒂米就四个月大了。它绝对是加内特见过的最漂亮的小猪（多亏她的细心照料）。想象一下，如果它能得奖该多好啊！

"我可以留下这个吗？"她问。

"当然。"司机高兴地说，"你打算展出什么东西吗？"

"一头小猪。"加内特回答，然后把蒂米的情况告诉了他。

"我希望，他们能在它身上挂一根丝带。"卡车司机说，"听起来很有可能呢。"

卡车开进了以扫谷——加内特的山谷。只要她活着，不管住在哪里，这片山谷都会以一种特殊的方式属于她，因为她早已将它的一切都记在心里了。

"孩子，往哪儿走？"司机问。

"我就在路边的信箱那儿下车。"加内特说。

不料,当她谢过司机,跳下车时,却惊讶地发现他也下来了,正往卡车的后面走。

"等一下,孩子。"他大声说。他拉出那个破板条箱,把那两根没钉牢的板条拆开,将手伸进去。箱子里传来一阵扭打声和咯咯的叫声。当他把手抽出来的时候,手中拎着那只坏蛋黑母鸡的两条腿。

"这是给你的礼物。"司机咳嗽着说,"如果不是你,我不可能把所有的母鸡都抓回来。"

"哦,我不能要!"加内特叫道。但是她很清楚,她可以要,而且可能也愿要,因为她太想得到这只鸡了。

"你听我说。"卡车司机说,"你把这只母鸡从我手里接过去,就算是帮了我一个忙。它天生就是个捣蛋鬼,也不喜欢我。如果说是它把那个板条箱推下卡车的,我丝毫不会感到惊讶!而且我有种感觉,它的肉很硬,没有人愿意买它回去做星期天的午餐。所以,怎么样?"

"好——吧。"加内特说着,伸手去拿鸡,"啊,您不知道我得到它有多高兴!我真不愿意去想它被装在盘子里,配着土豆泥和卤肉汁。"

"好吧,孩子。再见。"司机说着,跳进了他的卡车。加内特还没来得及好好感谢他,或者跟他说声再见,他就消失在一公里外的尘雾中了。

加内特把鸡夹在胳膊底下。现在她终于有一份礼物可以送给埃里克了,而且是他最想要的——一个只属于他自己的小动物。他可以喂养它,照顾它,还可以给它盖一间小房子。

"没人会吃掉你,可怜的鸡。"加内特对母鸡说。母鸡看上去又累又沮丧,红色的鸡冠耷拉着。

暮色中,路上树影斑驳。她看见有人向她走来,是费伯蒂先生。

"你好,费伯蒂先生。"加内特喊道,但是没法儿招手,因为她一只手拿着包裹,另一只手抱着母鸡。她也不能跑去迎他,因为她的脚被鞋子挤得太疼了。

"看我的鸡,费伯蒂先生!"加内特说,"看我的包裹。里面都是礼物!"

费伯蒂先生什么也没说。

"我是一个人跑到新康尼斯顿去的。"加内特继续说。

费伯蒂先生什么也没说。

"我也是搭便车去的,跟埃里克一样。"她继续说。

费伯蒂先生还是什么也没说。这真奇怪。加内特看看他。

"你生气了吗,费伯蒂先生?"她问。

费伯蒂先生又沉默了一两秒钟,然后说:"加内特,说来奇怪。我和你并没有亲戚关系。但是在你妈妈比现在的你还小的时候,我就认识她了。我认识你爸爸更久。你们家的农场就在我的农场旁边,我们大家都是好朋友,这让我觉得我像是你的叔叔或爷爷什么的。我替你操的心,比我替任何一个我认识的小孩子操的心都多。是啊,你还不满一岁,我就从你嘴里掏出了一根安全别针。你大概三岁的时候,我把你从河里拖了出来,你浑身是泥,淹得半死。你再大一点儿时,爬上了我果园里的一棵树,下不来了,我只好用梯子把你弄下来。后来,豪泽家的那头恶霸公牛追你的时候,是谁拉着你的裙子,让你翻过了牧场的围栏?是我。你在树林里发现一个粉红色的大毒蘑菇,咬了一口,是谁给你灌了芥末和水?是我。你以为你会骑那头小母牛,结果摔了下来,是谁抱起你去看医生的?是我。是啊,就在不久之前,你和豪泽家的那个小女孩被锁在了图书馆里,我们吓坏了。结果呢?你因为跟杰伊吵了一架,心里不痛快,就搭便车去了天都不知道的什么地方。"

"去了新康尼斯顿。"加内特用很小的声音说。这太可怕了。

"好吧,新康尼斯顿。"费伯蒂先生说,"你一个人跑到了三十公里外,一句话也没对任何人说。我看到你穿着鞋子,就知道你要做坏事了。还有这条裙子。"

"妈妈担心我了吗?"加内特问。

"不,她没有。"费伯蒂先生出乎意料地说,"事实上,除了我,没有人担心你。他们都太忙了。你爸爸以为你在家,你妈妈以为你去打谷了,或者跟豪泽家的小女孩在一起。你说你不想吃饭,所以就没有人再去多想。对,除了我,没有人担心你。如果我是你,就暂时一个字也不提这趟短途旅行。既然你已经旅行回来了,就没必要让你妈妈生气了。"

"可是我的礼物!"加内特哀叫道。

"礼物可以等一等。"费伯蒂先生严厉地说,"过两天,等事情平息下来,你可以把它们拿出来,告诉妈妈你是怎么买到它们的。"

"哦,费伯蒂先生。"加内特说,"对不起,我给您添了这么多麻烦。我真后悔做那些事。"

突然,她把那只鸡递给他。

"您能抱它一会儿吗?"她在路边坐了下来,"我得把这双鞋脱掉。"

费伯蒂先生抓住母鸡,大笑起来。

"我想这恐怕没什么用。"他说,"我从没见过一个活力充沛的年轻人不调皮捣蛋的。总的来说,你的表现一直很好,我不愿意你有什么改变。只是凡事要多想一想,没别的意思。我们不希望你出什么事。"

加内特感觉好多了。脚下的尘土像天鹅绒一样柔软,她能感觉到自己的每一个脚趾都在欢庆。费伯蒂先生答应替她保管这只母鸡,直到她能把它交给埃里克为止。

"我给它起什么名字好呢?"加内特问。

"我不太擅长起名字。"费伯蒂先生说,"我总是给马起名叫'美驹',给狗起名叫'少校',还从来没有过一只带名字的母鸡。好吧,让我想想。'黑子'怎么样?"

加内特缓缓地摇了摇头。

"我觉得这个名字不太适合它。"她回答说,"这只母鸡跟其他母鸡不一样,它很有斗志。神话故事里有位女神,她是一位勇士,妈妈跟我说起过她。她叫什么名字来着?我不记得了。"

"这我可帮不了你。"费伯蒂先生说。

他们进了家门。费伯蒂先生去鸡舍把那只鸡藏起来,加内特到下面的冷藏室藏她的包裹。她一直在拼命想那位女神的名字。

吃晚饭的时候,每个人都很累。大家头发上残留着燕麦,嘴里说着打谷的事,盘算一共收获了多少袋燕麦,说燕麦的质量有多好。

吃过晚饭,加内特把盘子一个个擦干。她正把盘子收进瓷器柜时,杰伊走过来对她说:"等你收拾完了,我们就到镇上去。费伯蒂先生会带我们过去,然后我们可以搭别人的车回来。今晚有场乐队音乐会,我们能听到一些流行音乐什么的。"

"好吧,我们去!也告诉埃里克一声。"加内特说。她朝杰伊笑了笑。她知道,杰伊对自己在打谷场上跟她说话的态度感到有点儿抱歉。但是他永远不会跟她明说。但这并不重要。

"布伦希德!"她突然喊道。

杰伊奇怪地看着她:"你这是在说什么呀?"

"有一位女神,她有点儿像一位勇士。"加内特解释道,"她戴着头盔,拿着长矛什么的,我刚想起来她叫什么名字。我想用她的名字给一个东西起名。"

"你真是傻了!"杰伊叹了口气,"好了,走吧,快点。我来帮你干完这些。"

然后,加内特、杰伊和埃里克开心地去了镇上。

那里聚集了许多人。因为是星期三,农民都把自己的牛带过来出售、运走。

乐队在街角一个架空的纱网笼子里演出。演奏的音乐很响亮,很欢快,因为演奏的时候太热了,他们都脱掉了外套。

加内特、埃里克和杰伊在街上走来走去,和他们的朋友聊天儿。他们停下来看了一会儿宾果游戏,然后去了乐队演唱会,鼓手让杰伊给一支华尔兹舞曲打鼓。杰伊要做的就是不断击打：嘭咚——咚，嘭咚——咚。"嘭"是打雷般的巨响，"咚——咚"是两声轻弹。杰伊真想整夜都演奏华尔兹啊，可是加内特和埃里克要他跟他们一起走。正好，鼓手说下一首曲子是进行曲，这对杰伊来说太难了。他们买了一些甜筒冰淇淋，又喝了瓶装汽水，还买了一袋花生。他们在街上随意闲逛，一边吃着花生，一边哈哈大笑。一切都刚刚好。

第八章
晴朗的日子

九月九日,太阳带着别样的光辉出来了。秋高气爽,空气里似乎都充满了蓝莹莹的光。九月的天空经常是这样。偶尔,有微风轻拂。风虽然轻,却给人一种强烈的感觉,仿佛它来自遥远的地方,穿过了一扇通往另一个空间的门。

加内特醒得很早。她还没完全清醒过来,就闭着眼睛躺在床上,有点儿不敢看外面,生怕天会下雨。不过,即使闭着眼睛,她也知道一切都没问题,因为映在她眼皮上的是清亮的玫瑰色,她知道正有阳光照在上面。她听到草地上有蟋蟀在叫,一只苍蝇嗡嗡地撞着纱门,有人在外面吹口哨儿。所以一切正常。她睁开了眼睛。啊,多么美好的一天!她在阳光下举起胳膊,胳膊上的小汗毛都像金子一样闪闪发光。她合拢的手指是炭火的颜色,仿佛里面有一道光。

她踢开毯子,把脚伸到阳光下,脚趾也变成了炭火色,但还比不上她的手指。

她打了个哈欠,伸了个懒腰,猛地从床上跳了起来。她不等穿上浴袍就跑出了房间、跑下了楼梯,楼梯上没有铺地毯,发出像敲鼓一样空洞的声响。

砰!楼下的纱门一响,加内特已经跑到了草坪中间,正奔向一个孤零零的小猪圈。那是埃里克专门为蒂米搭建的。

"蒂米!"加内特叫道,"懒蒂米,该起床了!"其实蒂米已经醒了好长时间,它蹦蹦跳跳地跑到栅栏边,看上去很饿,还很好奇。它现在已经长得很大了,身上的毛坚硬而纤细。它站得稳稳

的,似乎不管发生什么事,都能把自己照顾好。几个星期以来,加内特每天都训练它像一只获奖猪那样站立和走路。费伯蒂先生教加内特怎么用两块小木板引导它,怎么让它把两只前蹄并拢,站得端端正正。

加内特用一根小树枝挠挠蒂米的后背。蒂米靠在栅栏上,半闭着小眼睛,高兴地轻声哼哼。

"今天,你必须记住我教你的所有事情。"加内特对它说,"你要被装在一只你不太喜欢的小板条箱里,出一趟远门。然后你会被带进一个大棚子,独自关在一个猪圈里。不过,那里有很多猪圈,里面都关着猪,所以你能交到朋友,不会孤单。过些时候,会有一些人来看你,你必须要像我教你的那样好好走路,站有站相。最后你也许会赢得一条漂亮的蓝丝带。"

蒂米抽动着小尾巴,它的尾巴卷得像一个椒盐小卷饼,接着它翻了个身,仰面朝天,让加内特挠它的肚皮。

"加内特!"林登太太在屋里喊道,"你快进来穿衣服!"

加内特只穿了一件睡衣,真是够冷的。她用双臂抱住冰冷的身体,匆匆向屋里走去。

"妈妈,您觉得它会得奖吗?"她问。

"我毫不怀疑,亲爱的。"妈妈说,"自从你接手之后,它完全变成了另一头猪。"

加内特回到楼上自己的房间,仔细地穿上蓝色连衣裙和鞋子(但不是那双搭袢鞋,那双鞋她这辈子都不会再穿了)。她把辫子扎得很紧,头皮都被揪得生疼,她反复搓洗自己的脸,让它像抹了一层清漆似的发亮。然后她下楼来到厨房,听到了煎咸肉的咝咝声。

全家人都要去展销会,而且都特地打扮了一番。杰伊和埃里克破天荒地把头发梳直了,还在上面洒了很多水,都淌到脖子后面去了。唐纳德必须围着妈妈的一条围裙吃早餐,这样可以保证他离开餐桌时身上不会沾上燕麦片。加内特认为妈妈漂亮极了:她穿着一条印花裙子,发型也变了。林登先生也是仪表堂堂,他穿了一套深色西装,衣领磨得他脖子疼。

加内特感觉胃里好像有一架风车在不停地旋转,甚至喷出了一片火花。她把这种感觉告诉了妈妈。

"是因为兴奋,"林登太太平静地说,"兴奋和肚子饿。快吃麦

片吧。"

"哦,妈妈!"加内特呻吟道,"我吃不下。"

"不,你吃得下,亲爱的。"妈妈毫不留情地坚持道,"不吃完最后一勺,你不能离开家门。"

加内特苦着脸,费力地吃着麦片。

"就像在吃石头大坝。"她抱怨道。不过总算吃完了,她从椅子上跳起来,向门口走去,接着又一脸愁闷地慢慢走了回来。

"盘子还没洗。"她说。

"啊,这次就让它们等着吧!"林登太太爽快地说,"我们可以回来了再洗。今天是个重要的日子。"

"您真好。"加内特说着,拥抱了一下妈妈。

埃里克在窗外喊道:"快,加内特,费伯蒂先生开着他的卡车来了,我们把蒂米装进箱子里吧。"

"可怜的小猪!"加内特对蒂米说。他们把蒂米装进板条箱时,它拼命挣扎,翻白眼,大声尖叫。"可是想想吧,万一你得奖了呢!"

"我敢说,这只小猪对蓝丝带一点儿也不感兴趣。"费伯蒂先生说,"只要有一块一米见方的泥巴地和一个满满的饲料槽,它就心满意足了。"费伯蒂先生放声大笑:"不过它看上去确实漂亮极了,是不是?闻起来也很香。这是怎么回事?"

"哦,我给它洗了澡。"加内特说,"肥皂就是这股香味。"

"天啊,天啊,多么可爱的小猪!"费伯蒂先生笑着说,"它的毛很干净,身上香喷喷的很好闻,如果它拿不到奖,我可要对展销会的负责人大失所望了!"

费伯蒂先生之前主动提出,他可以专门开卡车运送蒂米去新康尼斯顿。林登家没有卡车,那辆福特车里装不下全家人和蒂米的板条箱。

"我也要和你一起坐卡车,费伯蒂先生。"加内特对他说。

"这样你就可以盯着那头猪了,是不是?"费伯蒂先生说,"好,快进来吧。我们该出发了。"加内特看着那只珍贵的板条箱被安全地放在卡车后面,然后才上了车。她向家里人说再见,而他们正忙着排队坐进福特车里。这真是一件困难的事,因为豪泽太太、香蕾拉和雨果刚刚赶到,也想跟他们一起去。

"幸亏你决定跟我一起走,"费伯蒂先生说,"不然我真不知

道你怎么去展销会,蒂米肯定也没法子去。豪泽一家真是一座大肉山。"

加内特看着豪泽太太上了车。不知是她的幻觉呢,还是她真的看到福特车往下陷了一点儿,它仿佛在重压之下唉声叹气。我的天哪,加内特想,妈妈、爸爸、杰伊、唐纳德、埃里克、豪泽太太、雨果,还有——

"香蕾拉!"加内特喊道,"你和我们一起坐卡车吧。这里地方很大,是不是,费伯蒂先生?"

"总能多坐下一个人的。"费伯蒂先生殷勤地说。他隔着加内特探过身,为香蕾拉打开车门。

加内特扭过身子,透过车窗望着箱子里的蒂米。

"它看起来好像感情受了伤。"她说,"它可能永远不会原谅我了。"

"给它点吃的试试,看它会不会好起来。"费伯蒂先生说,"猪只有在两餐之间才会变得敏感。"

卡车已经在小路上开到一半了。

"天哪,我真害怕我去不成展销会了。"香蕾拉说,"梅尔把车开到汉森去维修了,西塞罗、爸爸和艾德叔叔用卡车把我们的荷斯坦公牛送去展销会了。除了马车,我们什么都没有,后来妈妈想到问问你们家。"

"今天是个办展销会的好日子。"费伯蒂先生说,"不冷不热,也看不见一丝云彩。"

"你觉得它够暖和吗?"加内特问。

"谁?"费伯蒂先生说,"蒂米?它很暖和,别担心。"

他们来到霍奇维尔,费伯蒂先生把卡车停住了。

"来个甜筒冰淇淋怎么样?"他问。

"是个好主意。"加内特说。

"是个绝妙的好主意。"香蕾拉说。

于是,费伯蒂先生走进一家杂货店,给香蕾拉买了个枫糖甜筒,给加内特买了个巧克力甜筒,给他自己买了个纯香草甜筒。他还给蒂米买了一个草莓口味的,让加内特隔着板条递进去。蒂米高兴得整个鼻子都在发抖,一眨眼的工夫,就把甜筒吃了个精光,连一点儿碎屑都没剩下。它看上去不再那么郁闷了。

"反正它知道你没有背叛它。"费伯蒂对加内特说。

香蕾拉站在那里看着他们。

"给一头猪吃冰淇淋。"她若有所思地舔了一大口她的甜筒,"给一头猪!"她又说了一遍,又舔了一下。

"我今天做了好多离谱儿的事情。"加内特得意地说,"没有洗盘子,喂猪吃甜筒冰淇淋,还在上午九点钟时自己也吃了一个!"

"偶尔吃一次没什么害处。"费伯蒂先生说。他们都回到卡车上,砰砰地关上车门。

他们在蔚蓝的天空下,冒着炎热继续开车。山上没有薄雾,河上也没有雾气。一切都像水晶一样透明。他们经过了梅洛迪小镇,加内特想起了那次在公共汽车上遇到的人,以及他们都下车后,自己独享的那一段美妙旅程,当时她在座位上颠来颠去,忍着不让自己发出尖叫。

她回头看了看蒂米。蒂米躺了下来。

"您认为它没事吗?"她问道。

"谁?"费伯蒂先生说,"蒂米?它很好,从来没有这么好过。"

加内特用余光瞥了一眼费伯蒂先生,笑了起来。

"您很了解猪,是不是,费伯蒂先生?"她说。

"当然。"他说,"我养过那么多猪!"

现在可以看到山上的新康尼斯顿了。加内特又感觉到了肚子里的那台风车。

卡车经过几座破旧的小房子,穿过一条大街,大街上有几家大商店和一家廉价商店,加内特就是在那儿买礼物的。后来又经过有喷泉的公园,来到了郊外游乐展销会所在的地方。

他们从宽阔的大门开进去,进入展销会的欢乐新世界。它就像故事里的一座魔法城市,仿佛于一夜之间拔地而起。

这里汇集了各种声音、颜色和气味,令人眼花缭乱。似乎一切都在旋转——旋转木马、摩天轮、过山车。有好几十顶帐篷,它们有尖尖的顶,四面有褶皱花边,上面飘着五颜六色的小彩旗。香蕾拉抓着加内特,加内特抓着香蕾拉,两人兴奋得跳上跳下,大声尖叫。费伯蒂先生比较冷静。"我一向很喜欢展销会。"他说。

他们把车径直开往牲畜棚,停在了一个上面用大黑字写着"猪类"的棚子前。

负责人弗雷德·伦姆克胖胖的,看起来慈眉善目。他帮费伯蒂先生把板条箱搬进来打开,把蒂米放进一个铺着干草、干净漂亮的猪圈。"它还有点儿不自在。"加内特抱歉地对伦姆克先生说,因为蒂米站在原地,好像受了什么委屈,显出厌恶一切的样子。

"它是一头非常可爱的小公猪。"伦姆克先生说,声音里透着真正的欣赏(不只是为了哄小孩子),"谁来展示它?"

"我。"加内特回答。她对蒂米产生了一种强烈的母爱。

伦姆克先生从口袋里掏出一个笔记本,从耳朵后面拿下一支铅笔,问了加内特的名字,以及关于蒂米的一切。然后,他在蒂米的猪圈上挂了一块牌子,上面写着:

第36类:6个月以下公猪

品种:汉普夏猪

主人:加内特·林登

加内特默默地把牌子读了三四遍,然后转向费伯蒂先生:

"我要留下来看着它吗?"

"不,不用。"费伯蒂先生回答,"你们两个小姑娘出去玩玩吧。裁判要过好几个小时才会来呢。他们三点钟到,你们一定要准时回来!"

"真不知道我怎么等到三点钟。"加内特叹着气说。可是一眨眼的工夫,她就把时间和等待都抛到了脑后。要做的事情有几十件、几百件呢。

首先,她们看了看棚子里的其他猪。与蒂米同类别的还有另外几头,有的比它块头大,有的看上去更霸气。加内特和香蕾拉焦虑地打量着它们。

"不管怎么说,"加内特说,"我敢打赌蒂米的性格最好。"

"它也是最漂亮的。"香蕾拉坚定地说。

这地方到处都是猪,有许多不同的品种,名字叫得都很响亮。比如波兰中国猪、切斯特白猪、杜洛克猪。有看起来脾气暴躁的猪,也有母猪带着大小不等的一窝小猪。在一个猪圈里,有一大群小猪崽正在酣睡,它们白得像蓟花的冠毛,耳朵呈淡粉红色,小鼻子翘翘的。它们似乎不可能长成那种吵吵闹闹、大声怪

叫、没有教养的大猪。在棚子前面的另一个猪圈里,有一头获奖猪,它浑身黑黑的,嗓门儿响亮得像一架大钢琴。它头顶上方的牌子上,钉着前几次展销会上获得的丝带,都是蓝色的!

猪棚里到处都是猪交谈时的鼻息声、呼噜声、尖叫声和哼哼声。

"它们的声音真难听,"加内特说,"好像从来不会好好说话,只会骂骂咧咧,又抓又挠,叫对方滚蛋。"

猪圈旁的牛棚里就显得非常安静和体面。这里几乎没有什么声音。那些牛站在牛棚两边的牛栏里,眼神温柔而呆滞,嘴巴耐心地嚅动着。有粉红色鼻子的小牛犊,也有模样凶恶的大公牛。

加内特和香蕾拉在豪泽家的荷斯坦公牛面前停住脚步,赞赏地盯着它。它身材魁梧,模样美丽,黑白相间的皮毛亮闪闪的。

豪泽先生走过来,站在她们旁边,双手插在口袋里。

"它看起来很不错,是不是?"他说。

"它有一次追着我跑。"加内特很得意地说,"可把我吓坏了。"

"是啊,那次是谁救了你呢?"一个人问,还揪了揪她的一条辫子。加内特转过身。不用说,是费伯蒂先生。

"您再也不用救我了。"她保证道。

"看来你是不可能输了,赫尔曼。"费伯蒂先生对豪泽先生说。两个女孩又走过去看马。

大马厩里关着许多种马,有杂色马、深灰色斑纹马和黑马。它们有弧形的大粗脖子和热情的黑色眼睛。它们的蹄子在地板上发出沉重而不安的声音。有一只小马驹让人舍不得离开,它皮毛光滑,四条摇摇晃晃的长腿可以像小折刀似的折起来。有身强力壮的妈妈在旁边保护它,更显得它娇嫩而顽皮。

"如果它是我的,我就给它起名叫爱丽儿。"加内特抚摸着它的鼻子说。哦,它的鼻子多么柔软啊!像苔藓,像天鹅绒,像小婴儿的手掌。"当然,等它长大了,这名字也许就不合适了。"她若有所思地加了一句。

"话说,爱丽儿倒是个有趣的名字。就像收音机里说的那样。但我看不出它和马有什么关系。"香蕾拉说,"如果这匹马是我的,我就叫它'黑骏马'。"

"但它不是黑色的呀。"加内特反驳道。

"可是,对马来说,这是一个好名字。"香蕾拉说。

最后,她们依依不舍地离开了昏暗的牲畜棚——那里的空气中弥漫着干草和动物的浓烈气味,来到外面热闹而繁忙的展销会上。

第九章
甜筒冰淇淋和蓝丝带

她们穿过一条平坦的跑道,这条跑道环绕着展销会中心区,呈椭圆形。晚些时候,这里会举行赛马,两边挤满兴奋的观众,但现在只是一条需要穿过的路。

她们闲逛了一会儿,停下来看了看投掷区,看了看射击场,看了看过山车里尖叫的人。她们买了两个甜筒冰淇淋,一路溜溜达达，有时停下来读一读那些要交钱才能进的帐篷外面的牌子。牌子有很多，而且都很有趣：爱洛，神秘的读心者；海德维茨教授，世界著名的颅相学家；小大力士，本世纪的参孙；达格玛，女吞剑者；扎拉，丛林舞者。在最后一个名字"扎拉"下面，有一排小字：十六岁以下不得入内。加内特和香蕾拉都很想知道为什么。还有许多其他的帐篷和杂耍表演，但现在时间太早，还没有开放，那些在帐篷外大声嚷嚷着收钱的人也还没有出现。

女吞剑者达格玛帐篷的门帘是打开的，加内特和香蕾拉看到里面有个穿和服的女人正坐在椅子上补袜子，她嘴里嚼着口香糖。

"你认为是她吗？"香蕾拉低声说，两人继续往前走。

"不可能！"加内特说，"我觉得吞剑者看起来……你知道，肯定不一样。跟其他人有点儿区别。更野蛮些。"

"我打赌就是她！"香蕾拉一口咬定，"也许她必须嚼口香糖。"她加了一句："让她的下巴保持灵活。为了吞剑。"

她们又返回去，想偷偷再看一眼。但这次女人注意到了她们，她虽然脸上笑着，却把帐篷的门帘合上了。

"我敢说一定是她。"香蕾拉兴奋地说。这倒是值得一看,一个真正的女吞剑者,竟然像普通人一样在补袜子!

旋转木马看起来棒极了。这种旋转木马只有马,没有其他动物,但都是造型奇异而漂亮的马,它们张着鲜红的鼻孔,咧着大嘴笑。加内特和香蕾拉每人付了五分钱,骑上了木马。过了一会儿,音乐响起,旋转木马开始转动。木马高高地跃起,仿佛在空中滑翔,然后像带翅膀的飞马一样,随风而降。

"我年纪大了,不适合玩这个。"十一岁的香蕾拉说,"但我还是很喜欢。"

"我永远不会因为年纪大不玩这个。"加内特说,"我这辈子,只要看到旋转木马,就会去坐。等我有了孩子,我要和他们一起坐。"

她们又转了两圈才下来,继续探险。她们还吃了一些爆米花,然后坐上了过山车。简直太完美了!她们觉得脖子好像要断成两半,脊椎里的所有小骨头都四分五裂,接着又回到原来的位置,就像电影《米老鼠》演的那样。

"哦,天啊!"香蕾拉尖叫道,她们排山倒海般拐了一个急弯,

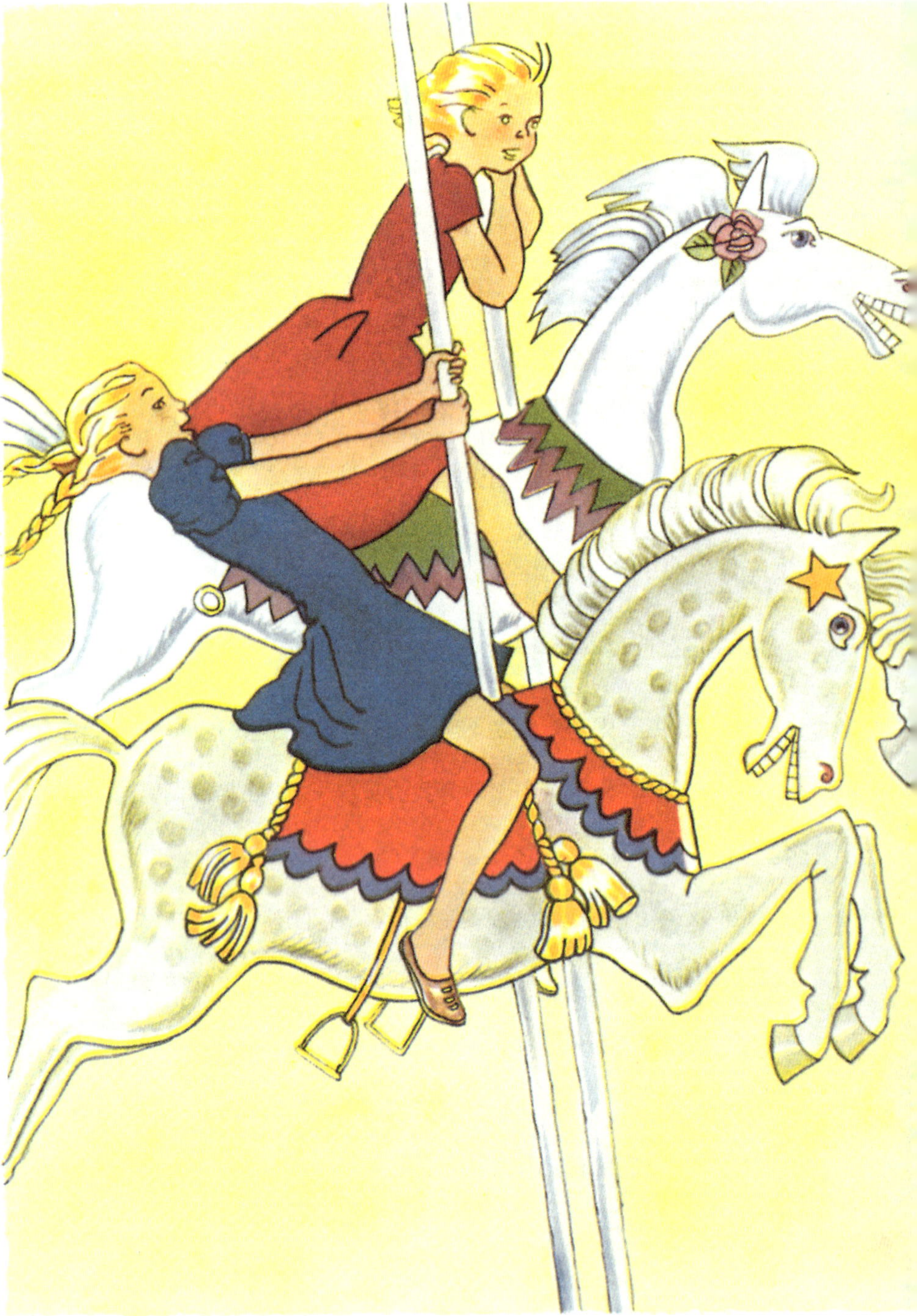

"是不是很可怕？"

"但是好玩儿呀！"加内特尖叫着回答。她一把抓住香蕾拉，她们又拐了个弯。

两人下车后觉得脚下奇怪地发飘，头晕得很厉害。她们径直走到一个热狗摊前，每人买了两个热狗和一瓶汽水，连吃带喝。

"现在去坐摩天轮怎么样？"加内特问，一副跃跃欲试的样子。

"等一会儿吧。"香蕾拉小声劝道，她的嘴唇周围有些发青，"我感觉不太舒服。"

"只要你别去想它，就不会有事。"加内特不当回事地建议道，反正她肚子不疼。

她们决定到展销会的那头儿，去看看那座像谷仓一样的大房子里的烹饪和刺绣展览。这个时候，似乎已经来了好几百个人。加内特瞥见了她妈妈、豪泽太太、唐纳德和雨果。

"不要说你感到不舒服。"加内特提醒香蕾拉，"她们可能会认为你应该回家！"

"我现在觉得好多了。"香蕾拉放心地松了一大口气。知道自

己不会生病,她高兴极了,顿觉展销会也显得格外绚烂。

"哦,我感觉好极了!"她高兴地叫道,猛地跳了一下。

她们走进那个谷仓一样的建筑,看了里面所有的东西。架子上放着几百瓶果酱和泡菜,花瓶里插着剪下的鲜花,花盆里有正在生长的植物。一个玻璃柜里放着几十种不同的蛋糕:黄金蛋糕、云石蛋糕、水果蛋糕和橘子蛋糕,还有天使蛋糕、魔鬼蛋糕和海绵蛋糕!每个蛋糕旁边都立着一张小卡片,上面写着制作者的名字。

"哦,它们看起来真好吃啊!"加内特感叹道,"哦,我都流口水了!"

"我没有。"香蕾拉说,"看到那些蛋糕,我还是感觉不太舒服。"

于是她们去了刺绣区。在这里,她们看到了碎布地毯、编织地毯、钩织地毯、婴儿衣服、儿童服装、土耳其毛毯、各种被子,还有绣着鲜花、大狗头和其他漂亮图案的沙发靠垫。

加内特听到有人说:"哎呀,那是我们让她搭便车去霍奇维尔的小孩儿!"

加内特转过身,果然是赞格尔太太。她穿着一条淡紫色的大裙子,帽子上插着一朵玫瑰花。她身后站着赞格尔先生,那个非常非常好的男人,他一只手搭在她的肩膀上。加内特看到他们很高兴。大家握了握手,说这是一场多么好的展销会,然后香蕾拉被介绍给了他们。

"您今天展出被子了吗?"加内特问赞格尔太太。

"看看那个。"赞格尔先生说着,朝挂在墙上的一床被子挥了挥手,"好好看看吧。看看裁判们的评价。"

加内特和香蕾拉看着赞格尔太太的被子。它包含了几乎世界上所有的颜色,是用一块块布头拼起来的,就像花园里五颜六色的花朵。这是你希望睡觉时盖的最绚丽、最斑斓的被子。那张写着赞格尔太太名字的卡片上,钉着一条蓝色的大丝带。

"漂亮!"加内特说。

"真漂亮!"香蕾拉说。

"光是这些颜色就让你感到温暖。"加内特说。

赞格尔太太的金牙闪闪发亮。

"你们可真会说话。"她微笑着说,"我一直喜欢明艳的色彩。

哎呀,当我胖到不能穿红裙子的时候,我心里可难受了!我想,我就通过把被子缝得这么绚丽多彩,来改善我的情绪吧。"

"你们两个小姑娘要不要吃甜筒冰淇淋?"赞格尔先生热情地问道。

"嗯——"加内特说,眼睛看着香蕾拉。

"嗯——"香蕾拉说,眼睛看着加内特。"只要我吃得很慢,再吃一个应该不会有什么问题。我现在感觉很好。"她小声地加了一句。

于是她们都吃了甜筒冰淇淋。香蕾拉把她的那份吃得一口不剩,她已经完全恢复了。

她们谢过了赞格尔夫妇,并保证如果到深潭镇,一定会去拜访他们。赞格尔先生说他稍后会过来看看蒂米。

两个女孩从那些帐篷和杂耍表演中间往回走时,注意到几个人正从丛林舞者扎拉的帐篷里走出来。其中有一个男孩是埃里克。

"怎么说?!"加内特走到埃里克跟前,一把勾住他的胳膊,让他无法逃脱。

"是啊,怎么说?!"香蕾拉附和道。

"你什么时候过十六岁生日的,亲爱的埃里克!"加内特嘲笑。

"也许他还不识字。"香蕾拉讥讽道,"也许他年纪太小了!"

埃里克不为所动。他只是咧嘴一笑,舔了舔手里那根长长的黑色甘草棒。

"哦,我只是深吸一口气,做了几个伸展动作。然后眼睛看着前方,把钱递给收钱的那个男人,就走了进去。反正,很多小孩儿看起来都比实际年龄要小。"

"没错,可是埃里克,里面有什么呢?"加内特挽着他阔步向前。

"肯定是什么吓人的东西。"香蕾拉满怀期待地说。

"唉,根本就不值一毛钱。"埃里克沮丧地说,"只是一个穿着草裙的胖女人。她留着长头发,戴着很多手镯,跳一种舞蹈。你们知道的,就像这样——"他使劲地扭动着,模仿那个丛林舞者。加内特和香蕾拉看得很开心。

他们继续往前走,边看边聊。埃里克突然想起了什么,大声

笑了起来。

"你知道吗？"他说，"那个女人，那个扎拉，那个丛林舞者，她竟然戴着一副眼镜，那种夹住鼻梁的眼镜。她一定是忘记摘下来了。她看上去太好笑了！"

他们发现林登太太和唐纳德正坐在一顶帐篷的阴凉处，似乎累坏了。

"唐纳德把展销会上他能玩的都玩过了。"林登太太说，"除了过山车和摩天轮，那些我是不会让他坐的。"

"小马——"唐纳德吹嘘道，"我骑着真正的小马，绕着赛道跑，我还坐了大旋转木马和小旋转木马，还有那个像火车一样的东西。"他看了看妈妈："可是我想去坐过山车，还想去坐摩天轮。"

"不行。"林登太太不假思索地说。对于这件事，她已经说了好几个小时"不行"了。

"跟我来，唐纳德。"埃里克说，"我们去看看那些小猪，还有漂亮的马，也许能在什么地方给你找到一个气球。"他牵起唐纳德的手走了。

"我真不知道如果没有埃里克,我们怎么过得下去。"林登太太叹着气,用皮夹子给自己扇风。

"杰伊和爸爸在哪儿?"加内特问。

"你爸爸还在看那些农用机械。"林登太太说,"杰伊在投掷区,用网球扔瓷茶壶,已经扔了好几个小时了。"

豪泽太太像火车头似的气喘吁吁地向她们走来。她热得要命,嘴唇上沁出了汗珠,那张漂亮的大脸红扑扑的,就像初升的太阳。她胳膊底下夹着两个巨大的浅色丘比娃娃:一个穿红色的芭蕾舞裙,另一个穿绿色的。

"是我赢的。"豪泽太太咕哝着,小心翼翼地坐在了地上,"砸椰子赢了一个,在举重那儿又赢了一个。还以为他们的奖品会比丘比娃娃高级呢!加内特,这个绿的给你,这个红的给香蕾拉。天哪,我的脚底好疼啊。"

"家畜鉴定的时间快要到了,加内特,"林登太太提醒道,"你们还有大约半小时。"

"我知道我们要做什么,时间正好来得及。"加内特说,"你现在觉得能坐摩天轮了吗,香蕾拉?"

"我感觉现在没问题了。"香蕾拉说。

于是,她们到摩天轮旁边的小亭子交了钱,等摩天轮一停,就爬上去并排坐在一个悬空的小座椅上。座椅前面有一根栏杆,防止她们掉下去。

操作员拉动一根大操纵杆,摩天轮随即一阵颠簸,吱嘎作响。她们向后退去,大地和展销会就像一个将要消失的世界一样,急速离去。虽然很恐怖,但也很刺激。她们升到最高处时,可以看到那些帐篷和新康尼斯顿周围的田野和房屋,一眼望去,一切都显得扁平而陌生。接着她们又下降了,像坐在木桶里从尼亚加拉大瀑布坠落一样,又像突然从枪炮里被射出来。

转到第三圈,就在她们升到顶上的时候,摩天轮停了下来,所有悬空的小座椅都晃来晃去,令人感到恶心。

"可能他们只是想再多上几个人。"香蕾拉安慰道。她们靠在栏杆上,往下面很远很远的地方看。但是没有人上来。她们看到操作员在下面弯着腰。他拉动操纵杆,摩天轮颤抖了一下,但没有动。她们看着他生气地前后晃动操纵杆,把帽子推到脑后,擦了擦额头。然后他抬起头。

"不用担心,伙计们。"他喊道,"只是暂时耽搁一下。"

"他的意思是卡住了。"香蕾拉哀叹道,"哦,天哪!"

"裁判的时间快到了,哦,天哪!"加内特说。

从上面往下看的感觉太可怕了。加内特抓住座椅一侧,抬起眼皮。下面是展销会的现场,一切都在旋转和叮叮作响,似乎对她们漠不关心。她从没见过一架梯子高得能让人爬到摩天轮的顶部。一想到这点,她就有一种很不舒服的感觉。

"我们被困在了最糟糕的地方,"香蕾拉抱怨道,"图书馆和摩天轮!"

"哦,他们很快就会修好的。"加内特怀着希望说。

但是摩天轮卡了半个多小时。

她们觉得被困在了世界之巅,却一点儿办法也没有。太阳无情地照着,偶尔能感觉到九月的清凉空气在她们周围流动,就像小溪底部寒冷的水流。

"那是杰伊。"香蕾拉说。

果然,杰伊站在地上,双手拢住嘴巴,看上去那么小。

"喂!"他大声嚷道,"三点钟了!快点!"她们几乎听不清他

在说什么,但猜出了他的意思,因为他反复指着自己手上的表。

"我们又没有降落伞!"加内特喊道。

"也许他认为我们应该张开翅膀飞走。"香蕾拉尖刻地说。她渴了。

杰伊无奈地抬头看着她们,然后走过去和操作员说话,之后又抬头望着两个女孩,耸了耸肩膀。"暂时还没动静呢。"他喊道,"我们会用信鸽把你们的晚餐送上去。"他开心地笑了一声,离开了。他走得很快,两条腿像剪刀似的一开一合。幸运的杰伊,加内特想。幸运的杰伊,他的腿稳稳地走在坚实的大地上。

"他可真搞笑,是不是?"香蕾拉没好气儿地说。

"哦,我们很快就会下去的,别担心。"加内特安慰道。她看了看周围其他座椅上的人。在她们后面,有一个人独自坐着,在看一份他预先带上来的报纸。在她们前面,一个男人和一个姑娘在小纸片上写了字,然后在叫声和笑声中扔给下面的朋友。似乎没有人在担心。

突然,摩天轮震动了一下,开始缓慢移动。到了这个时候,每个人都受够了。摩天轮停了五次,让坐在她们前面的人依次下去,加内特和香蕾拉只好等着。

"快点!"加内特命令道,一把抓住香蕾拉的手,跑了起来,"我们必须赶到蒂米那儿!"

"哦,天哪!"香蕾拉一边呻吟着,一边跌跌撞撞地向前走,"我渴死了,真想喝水!"

"等完了事,"加内特保证道,"等完了事让你喝上几大桶。快走吧,快走吧!"

可是,她们走到交叉路口时,发现大门前有一道栏杆,栏杆旁站着一个煞有介事的门卫。"喂,别着急。"两个女孩挤过人群朝栏杆走去时,门卫对她们说。

"正在进行赛马。你们必须等到比赛结束。"

马跑过时,跑道上尘土飞扬,阳光照在车轮的辐条上,闪闪发亮。

"真没想到比赛会这么慢!"加内特抱怨着,她跳上跳下,搓着双手,"哦,天哪,我真受不了。"

"没关系。"香蕾拉说,这回轮到她来安慰了,"我倒巴不得能休息一下,我们很快就能赶过去的。"

赛马终于结束了。门卫抬起栏杆,两人走了过去。她们不知道哪匹马赢了比赛,也不关心。她们自己就在赛跑呢。

她们一头冲进棚子。加内特看见费伯蒂先生站在蒂米的猪圈旁,就挤过人群,朝他走去。

"我们来晚了吗?"她喘着气,几乎哭了出来。费伯蒂先生用他的大手指着猪圈上方蒂米的卡片。

"裁判们已经来过了。"他严肃地说。

"哦,天哪——"加内特说。接着,她看到了他指的东西。那是一条蓝丝带,一条蓝丝带!钉在蒂米的卡片上。

"哦。"加内特一时说不出话来,然后突然雀跃起来。"哦,太棒了!"她喊道,"哦,费伯蒂先生,太棒了!"她径直爬过栏杆,进入蒂米的猪圈,使劲搂了一下它的肚子。

"亲爱的蒂米,你不为自己感到骄傲吗?"她说。蒂米闷闷地哼了一声。

"它和我们一样有虚荣心。"费伯蒂先生把胳膊搭在栏杆上,这样评论道。

"你可别把它宠坏了,不然你就有一头喜怒无常的猪要对付了。这一天它得到的关注够多的了,快从那个猪圈里出来,我们一起去庆祝庆祝吧。"

加内特不情愿地爬过栏杆。蒂米并不在乎。它交叉着蹄子,舒舒服服地侧身躺下,深深地叹了口气,就睡着了。

林登先生和太太从人群中向他们走来,他们一直在到处寻找加内特。跟在他们后面的是豪泽夫人。她手里拿着两个气球,一个形状像米老鼠,一个形状像齐柏林飞艇。她还拿着一个雕花玻璃碗,碗里放着六个蜡做的水果,都是她在宾果游戏中赢来的。

"你们看到蒂米获奖了吗?"加内特大喊着扑向爸爸妈妈。

"亲爱的,裁判来的时候,我们就在现场。"妈妈回答,"我们看到了它的表演。"

"我的天哪,"加内特突然说,"是谁让它表演的?"她刚才没想到这一点。

"你以为是谁呢?"身后有人猛地揪了一下她的辫子。加内特不用转身就知道是谁。当然又是费伯蒂先生啦。这是不消说的。

"哦,天哪,"加内特说,"可怜的费伯蒂先生,总是在救我的

命。"

费伯蒂先生笑了。

"好吧,这次你也是没办法。"他安慰她,"我看见你和香蕾拉一起坐进了那个小篮子,就对自己说,我们不能指望她了。我对小猪也说了这句话,它对我说'好吧'。"

"你把蒂米照顾得很好。"爸爸用胳膊搂着加内特的肩膀说,"也许你长大后会成为这个家里的农场主。杰伊似乎对这个没什么兴趣,我觉得唐纳德以后会当一个联邦探员。"

"埃里克怎么样?"加内特问。

"埃里克可能不想一直和我们在一起。"爸爸回答,"我倒是希望他能留下。"

"我也是。"加内特赞同道,"埃里克现在是家里的一员,也是我的哥哥。他要是离开,那就太可怕了。"

"他来了。"爸爸说。

埃里克把唐纳德扛在肩膀上,雨果走在他身边。唐纳德拿着一个气球和一个锡质号角,雨果拿着一袋花生和一面旗子。他们浑身脏兮兮的,但都很高兴。加内特把蒂米的事告诉了埃里克,埃里克非得去亲眼看看那根蓝丝带。

"他们会给母鸡发奖吗？"他打听道，"明年我想展示布伦希德！"

"杰伊在哪里？"加内特问。杰伊在什么地方？她真想让他看看蒂米的辉煌时刻。杰伊不在，她就没法儿尽情享受胜利的喜悦。

"该死，我差点儿忘了。"费伯蒂先生突然说道，"给，加内特。"他在口袋里摸索："你的奖金。三张崭新的一块钱钞票和一个五毛钱硬币。"

这么多钱让加内特看得眼花缭乱。她把崭新的钞票仔细折好，放进了皮夹子。

"你打算拿这些钱做什么呢？"香蕾拉有点儿羡慕地问。

"首先，"加内特说，"我要搞一次聚餐。今晚我要请大家吃晚饭。然后嘛——嗯，我还没有决定。"

但她心里想：我还是把钱留着吧，将来我要用它做一些真正重要的事情，也许是圣诞节的时候，或者是下次我在信箱里发现账单的时候，也不知道一把二手的手风琴要多少钱。

"我要去找杰伊了。"加内特告诉家人和朋友,然后从棚子里溜出去,沐浴在柔和的夕阳下。

几分钟后,她差点儿跟杰伊撞个满怀。他胳膊底下夹着一个盒子,脚步匆匆。

"杰伊!"加内特说,"蒂米拿到了奖!"

"我知道。"杰伊说,"我看见它得奖的。瞧,我为你赢了一样东西。一件礼物,庆祝蒂米拿奖。"

哦,杰伊太棒了。加内特想,一边急切地扯下盒子上的绳子和纸。

她暗暗下定决心,要尽快弄清楚手风琴的事。她打开盒子:西瓜粉色的人造丝内衬上,放着一把雅致的梳子和镜子,都是用淡淡的紫色材料做成的。加内特被它们的美丽征服了。

"哦,杰伊!"她说。她说不出别的话来。

"好了,没什么。"杰伊不好意思地说,"我只是觉得你能用得着。走吧,我们去那几个帐篷里面看看有什么。"

他们走进一个又一个帐篷。他们看到了神秘的读心者爱洛,但似乎不怎么喜欢她。"这是老套路了。"杰伊嘲笑道,"我九岁的时候就会玩这个。"他们看到了小大力士,一个胖乎乎的举重员,穿着豹纹衣服和齐膝高的靴子。他们看到了吞剑者达格玛,她非常神奇,正是早些时候加内特和香蕾拉看到的那个补袜子的女人。他们看到了珠宝女郎和布鲁诺,表演都很精彩,他们还听了汉克·哈扎德和他的干草种子乐队的演奏。"我的耳膜被震得青一块紫一块的。"杰伊后来说。

天擦黑的时候,他们去找大家一起吃晚餐。大家费了好大工夫寻找豪泽太太,终于在射击场找到了她,她正用一只眼睛瞄准一个茶杯。他们看着她打掉了一整排茶杯和一些小雕像,然后神气十足地领了奖品。那是一幅油画,上面画着一个划独木舟的印第安女孩,画框是用真正的桦树皮做的。

"埃伯哈特奶奶肯定会喜欢的。"豪泽太太说,"她还记得以扫谷的印第安人,而且她特别喜欢油画。"

大家都聚在一个柜台前吃吃喝喝。这是加内特组织的聚会,每个人都吃得很开心。

他们吃晚餐的时候,伟大的佐兰德正在展销会的上空走钢丝。聚光灯追着他,照得他身上的金属亮片闪闪发光。他似乎是

个自带光芒、被施了魔法的人,在他们头顶上这么高的地方,精准而优雅地移动。

后来,加内特去跟蒂米告别。棚子的天花板上挂着几盏油灯,到处都是跳动的光影。蒂米摇摇晃晃地站起来,嗅了嗅她的手心。可是,她手心里什么也没有,它就又躺下了。

"晚安,蒂米。"加内特说,"三天后我来接你回家。"

坐着费伯蒂先生的卡车离开时,加内特扭头望着窗外。摩天轮是一个光圈,所有的帐篷都是点亮的灯盏。这个神奇的展销会的世界,在周围黑暗的田野之间闪烁,就像磷光在黑暗的大海上闪烁一样。

香蕾拉打了个哈欠。

"我想,我在很长很长时间里都不会想吃甜筒冰淇淋了。"她说。

第十章
银 顶 针

加内特想,幸亏埃里克教了她前空翻和后空翻。高兴的时候,能翻一两个筋斗还是很管用的。总比蹦蹦跳跳强,也比大喊大叫强。

她走到门外,翻了几个筋斗,突然想起忘记了一件事,就回到屋里,来到楼上自己的房间。她先是在衣柜的抽屉里翻了翻,

又在她的皮夹子里找了找,才把那枚银顶针掏出来。她把银顶针在针织衫的前襟上来来回回地擦,直擦得闪闪发亮,才小心放到水手服的口袋里,下楼去了。

埃里克和杰伊在谷仓的屋顶上钉瓦片。谷仓已经建好,就差刷涂料了,它看起来非常漂亮。

加内特一蹦一跳地跑过去,顺着靠在谷仓上的梯子爬上了屋顶。她的光脚板紧贴着木瓦,猫腰爬到了房梁上,杰伊和埃里克像两只乌鸦一样站在那里。

"你们好。"她说。

"你可以帮我们一起钉瓦片。"杰伊说,递给她一把多余的锤子。她在他们旁边蹲下来,但没怎么干活儿。她不停地抬起头四处张望。下面是他们家谷仓前的空场院,皇后夫人带着它的那窝小猪住在一个猪圈,蒂米在另一个猪圈。还有布伦希德,那只黑母鸡,正在它自己的一小块地盘上刨食儿。旁边的那些鸡,都是来亨鸡,像普通的鸡一样呆头呆脑:刨刨土,突然停下来,惊慌失措地向四周扫两眼,然后又刨刨土,又停下来,嘴里一直跟做梦似的咯咯叫。

谷仓场院那边是几片牧场。在一片牧场上,奶牛都在埋头吃草。在另一片牧场上,马儿欢快地绕着圈子跑。

在豪泽家农场的另一边,那条弯弯曲曲的小河就像一条镜子铺成的小路。放眼望去,整个山谷里的玉米都已收割,堆成了窝棚的形状。山坡上的树林依然翠绿,浓荫密布,但其他的一切都变成了金黄色。

"埃里克,"杰伊突然问,"你长大了要做什么?"

"跟我现在做的差不多。"埃里克立刻回答,"我都计划好了。只要你爸爸留我,我就勤勤恳恳地为他干活儿,把我挣的每一分钱都存下来。也许有一天我会拥有自己的农场。我希望就在这个山谷里,靠近你爸爸的农场,规模和风格也差不多。"

加内特偷偷地用余光看了一下杰伊。现在他会说什么呢?

"埃里克,你为什么想当农民呢?"杰伊失望地问,"这没有什么冒险可言,也不能去好好地看世界。"

"我对这个世界已经见识了很多,谢谢。"埃里克说,"冒险也经历了很多,如果你管那叫冒险的话。我更喜欢这样。我就想留在这里,年复一年,年复一年。而且你知道,我喜欢干农活儿。将

来,等我有了自己的农场,我要像我爸爸那样在农场上养山羊,也许还有绵羊,也许没有,我说不好。不管怎么说,我要有猪、牛和一个马队,但是我不养母鸡,除了布伦希德,它是我见过的唯一有点儿脑子的母鸡。也许我就养一只公鸡。没有一只公鸡告诉你什么时候天亮了,农场就不像个农场。"

"噢,农场总是麻烦不断。"杰伊抱怨道,"枯萎病、牲畜病、害虫、干旱。"

"干旱!"埃里克轻蔑地说,"你们的干旱完全不值一提。你们从来没有遭过灾,你们太幸运了!你记住我的话吧。唉,我见过河流干枯河床萎缩,完全消失不见,大地裂开一道道口子,牲畜因为缺水而死。是的,在堪萨斯州,我眼睁睁地看着一堵尘土墙从草原上滚过来,黑得像你戴的这顶帽子,跟天空一样高。当它扑来时,我们不得不用破布捂住脸,即使这样,尘土还是钻进了我们的眼睛和嘴巴。你能感觉到尘土在你的牙缝里,在你的脖子后面,在你的口袋里!这样来过几场之后,原本绿油油的漂亮的农场,看上去就会像撒哈拉沙漠一样。你根本不知道什么是麻烦,杰伊。"

猪圈外面长出了一棵樱桃树,羽毛般的树梢几乎扫到了屋顶。杰伊探过身去,扯下一根小树枝,若有所思地嚼着苦涩的樱桃果。

"嗯,我也不知道。"过了一会儿,他说,"也许你的想法是对的,但我还是想去一些地方旅行,看看世界。不过,也许等我过足瘾之后,又想回来跟爸爸一起种地呢。如果你买下我们旁边的地,我们可以一起耕种,成为合伙人,把这里搞得欣欣向荣。你觉得怎么样?"

埃里克高兴地笑了。

"我觉得听起来很棒。"他说,"我们会成为合伙人。还有加内特,如果她愿意的话。"

加内特感到很高兴。她放下锤子,把双手插进口袋。她在一只口袋里找到了她带给埃里克看的那枚银顶针。她把银顶针拿出来,戴在手指上。

"看,埃里克。"她说,"我在河床干枯露出来的沙地上发现了这个。是纯银的,非常珍贵。你知道为什么吗,埃里克?"她靠向他,有点儿霸道地说:"因为它有魔法,没错。杰伊说根本就没有

魔法这回事，那只是他不知道。这枚银顶针有些神奇。我刚找到它，奇迹就发生了，是啊，那天晚上就开始下雨，结束了干旱！紧接着，我们得到了建新谷仓的钱，然后你在树林里看到了我们的窑火，成了我们家里的一员。后来我和香蕾拉被锁在了图书馆里，简直惊心动魄。我还独自一人去了新康尼斯顿。那也是一次冒险，虽然我出发的时候带着一肚子气。当然，蒂米在展销会上拿了奖。这些事都是在我找到这枚银顶针后发生的，而且都是好事！只要我活着，我就永远把这个夏天叫作'银顶针的夏天'。"

"嗯，如果这真是一枚魔法银顶针，我非常感谢它把我带到这里来。"埃里克说。

加内特很开心。她太高兴了，其实也没有什么特别的原因，她只觉得自己必须谨慎地移动，以免惊扰或失去这种幸福的感觉。她小心翼翼地从屋顶上下来，迈着均匀的步伐，穿过菜园，穿过牧场，走到了沼泽地。一道绿莹莹的光在静静地弥漫，照在幼嫩的柳树间。清澈的水面上没有一丝涟漪。

加内特安静地靠在一棵树上，以至于一只巨大的蓝鹭以为周围没有人，就从树枝上飞下来停在水边。加内特注视着这个漂亮的动物——蓝色的羽冠、修长的腿,它涉水而过,把喙伸进水里。她离得很近,能看见它那只宝石色的小眼睛。

蓝鹭单脚站着安静地沉思,像一只石雕的鸟。在那一刻,加内特觉得它仿佛是自己的伴侣,能理解并分享她的快乐。她和蓝鹭就这样一动不动地站了一两秒钟,然后蓝鹭张开沉重的翅膀,飞走了。

此刻，这种幸福感不断膨胀，仿佛无边无际。加内特觉得，自己很快就要快乐得爆炸，或开始飞翔，或两条辫子直竖起来，或像夜莺一样歌唱了！她再也憋不住了。必须要发出声音，她扯开嗓门儿叫喊着，从幽暗的柳树林里跳了出来。

格丽塞达是泽西奶牛中最漂亮的一头，它抬起头，用温和而嗔怪的眼神，久久地盯着加内特，看她在牧场上翻了一个又一个筋斗。